골짜기에 잠든 자

골짜기에 잠든 자

정찬 장편소설

문학동네

차례

1장

무명작가의 문장

1

'모든 것이 끝났다. 내가 진정한 작가라면 전쟁을 막을 수 있었을 텐데……'

레넌이 이 문장을 처음 본 것은 1960년 가을, 함부르크에서였다. 당시 비틀스 멤버였던 폴 매카트니, 조지 해리슨, 스튜어트 서트클리프, 피트 베스트와 함께 함부르크의 환락가 레퍼반의 카이저켈러 클럽에서 알코올과 각성제에 취한 채 미친듯이 노래하던 시절이었다. 독일어로 쓰인 그 문장을 영어로 번역해 읽어준 이는 아스트리드 키르히헤어였다.

함부르크 예술전문대학에서 사진을 공부하던 아스트리드는 비틀스의 노래에 매료되어 카이저켈러 클럽을 자주 찾았다. 선원들이 대부분인 클럽 손님들은 소리를 지르고 욕설을 하고 빈 맥주캔을 던질 뿐 아니라, 고주망태가 되어 무대 위로 기어올라가기까지 했다. 거친 취객들 속에서 아스트리드는 눈부신 존재였다. 그녀에게서 카뮈와 베케트, 주네의 문학세계에 대해 듣고 있노라면 레넌은 불현듯 세상이 아늑하고 친근하게 느껴졌다. 그녀를 통해 행복해지고 싶다는 생각이 들 즈음 그녀가 스튜어트를 사랑한다는 사실을 알게 됐다. 고통이 컸던 것은 레넌이 가슴에 품은 아스트리드에 대한 사랑은 물론 스튜어트에 대한 사랑까지 상처로 변해버렸기 때문이다.

스튜어트는 레넌이 리버풀 예술전문학교에서 만난 친구로, 미술학도이면서 문학과 철학에 심취했고, 신비주의에 탐닉했다. 레넌의 눈에는 자신이 꿈꾸던 보헤미안의 삶을 스튜어트가 살고 있는 것처럼 보였다. 레넌은 기타를 만져본 적이 없는 그를 끈질기게 설득하여 베이스 기타를 사게 하고 결국 밴드로 끌어들였다. 그와 함께 있고 싶은 마음에서였다. 스튜어트를 향한 레넌의 마음에는 우정을 넘어서는 감정이 깃들어 있었다.

같은 해 11월 어느 날 아스트리드는 비틀스 멤버들을 집으로 초대해 파티를 열었다. 파티가 시작되기 전 그녀는 스튜어트와의 약혼 사실을 알렸다. 멤버들은 기뻐하며 축하했지만 레넌은 슬픔과 두려움이 뒤섞인 감정 속에서 존재가 분열되는 듯한 고통을 느꼈다. 술잔을 빠르게 비우던 그는 몽롱하게 취한 상태에서 기타를 집어들었다.

"널 사랑해, 널 사랑해. 신시아, 미친듯이 널 사랑해. 널 기타처럼 사랑해. 사랑스러운 신시아, 난 네가 필요해. 날 떠나지 마……"

레넌은 기타를 치며 절규하듯이, 거칠고 애틋하게 노래했다. 신시아는 리버풀에 사는 레넌의 연인이었지만, 아스트리드는 노래의 대상이 신시아가 아니라 스튜어트라고 생각했다. 그리고 스튜어트는 그 대상이 아스트리드라고 생각했다.

노래를 마치고 레넌은 창가로 갔다. 머리가 불에 달구어진 석탄처럼 뜨거웠다. 자신이 방금 무엇을 노래했는지 기억나지 않았다. 목구멍에서 불꽃처럼 튀어나온 말들이 거친 선율에 실려 어디론가 사라졌다. 자신도 그렇게 사라지고 싶었다. 창 옆에 있는 서가가 눈에 들어왔다. 손을 뻗어 책 한 권을 뽑았다. 표지의 색이 바래 있었다. 책을 펼치니 오래된 종이 냄새가 났다. 글자가 낯설었다. 그는 독일어를 읽을 줄 몰랐다. 읽을 수 없는 글자의 검은 형상들이 불빛에 부풀어오르는 것 같았다.

"아스트리드."

레넌은 나직이 그녀를 불렀다. 그를 지켜보던 아스트리드가 다가왔다.

"이 문장의 뜻을 알고 싶어."

레넌이 손으로 가리킨 문장은 아스트리드가 연필로 밑줄을 그은 부분이었다.

"모든 것이 끝났다. 내가 진정한 작가라면 전쟁을 막을 수 있었을 텐데……"

아스트리드는 시를 낭송하듯 영어로 천천히 말했다.

"무슨 뜻이지?"

레넌이 어리둥절한 표정으로 물었다.

"나도 잘 모르겠어."

"그런데 왜 밑줄을 그어놨어?"

"이상한 말이니까. 절실한 말 같기도 하고……"

"작가가 누군데?"

"무명작가야."

"무명작가?"

"글은 발견되었지만 누가 썼는지는 알려지지 않았으니까. 이 글을 쓴 날짜가 1939년 8월 23일이야. 2차세계대전이 일어나기 직전이지. 이 작가는 어쩌면 전쟁중에 죽었는지도 몰라."

아스트리드는 쓸쓸한 표정으로 말했다.

2

무명작가의 문장이 레넌의 머릿속에 다시 떠오른 것은 오 년 후인 1965년 10월 어느 날 늦은 오후, LSD에 취한 채 상자 위에 놓인 등잔불을 멍하니 보고 있을 때였다. 그즈음 레넌은 영혼이 바짝 말라버린 듯한 느낌에서 헤어나지 못했다. 자신이 있는 곳이 어딘지, 삶이 자신을 어디로 끌고 가는지, 왜 살아야 하는지 알 수 없었다. 눈앞의 사물이 비현실적으로 보였고, 모든 것이 먼지처럼 느껴졌다. 육신도 텅 비어버리고 껍질만 남은 채 흐느적거리는 듯했다.

그는 월드 스타가 되면서부터 비틀스 활동에 회의를 느꼈다. 더 많은 곡을 만들어야 한다는 압박에 시달렸고, 쉼없이 이어지는 라이브 공연에 지쳐갔다. 사 년이 채 안 되는 기간 동안 천 회 이상의 공연을 했다. 연주의 질이 떨어질 수밖에 없었다. 대형 공연장에서는 관객들이 질러대는 소리에 묻혀 자신들의 연주 소리가 들리지 않았고, 공연 후의 리셉션에서는 줄을 이어 방문하는 VIP들 앞에서 미소를 유지해야 했다. 언젠가부터 비틀스가 사람들을 즐겁게 하기 위한 네 개의 밀랍인형처럼 느껴졌다. 명성과 부의 더미 위에서 영혼이 텅 빈 네 명의 남자가 유령처럼 서성거리는 모습이 보였다.

어젯밤 꿈이 떠올랐다. 하늘에서 꽃이 떨어지고 있었다. 수천 송이 꽃들이 비가 내리듯 사막에 직선으로 꽂혔다. 오아시스를 떠난 새는 비의 꽃을 맞으며 바다 같은 모래펄 위를 날았다. 새의 날개가 낮달에 잠시 걸렸다. 모래가 잔물결처럼 일렁이며 사막의 강으로 흘러내려가기 시작했다. 새가 날개를 접고 백골 위에 앉았다. 백골은 모래 위에 고요히 누워 있었다.

"이상한 꿈이었어."

레넌은 머리를 쓸어 올리며 중얼거렸다. 그러다 등잔불이 창틈으로 새어들어오는 바람에 가늘게 흔들릴 때, 백골이 자신과 무관하지 않다는 생각이 불쑥 들었다. 레넌은 눈을 감았다. 모래펄이 어른거렸고, 백골이 희미하게 보였다. 햇살에 잠긴 백골은 은빛이었다.

얼마나 시간이 흘렀을까. 사막 저쪽에서 누군가가 걸어오고 있었다. 그의 어깨 뒤로 바다의 일부가 보여 마치 바다의 조각을 어깨에 짊어지고 걸어오는 듯했다. 몹시 야윈 얼굴에 머리칼이 희끗희끗했다. 얼굴의 모습이 이상했다. 얼굴의 왼쪽 부분은 아이처럼 맑고 천진하게 보였지만 오른쪽은 음울한 색채에 싸여 있었다. 그의 눈을 들여다보고 나서야 레넌은 그가 누구인지 알 수 있었다. 홍채가 너무 파래 그 테두리는 보라색을 띠었고, 긴 속눈썹이 바람에 살랑였다. 랭보였다. 자신의 그림자 영혼이었던, 하지만 오랫동안 잊고 있었던 시인 랭보. 그 순간 레넌은 꿈에서 본 백골이 랭보의 백골임을 비로소 깨달았다. 그리고 그건 자신의 백골이기도 했다. 랭보를 끊임없이 자신과 동일시했으니까. 그러니까 백골 위에 앉은 새는 랭보의 영혼이면서, 자신의 영혼이었다.

랭보를 가르쳐준 이는 스튜어트였다. 그는 랭보에 심취해 있었다. 스튜어트의 주거 겸용 아틀리에에서 함께 살 때였다. 물감으로 얼룩진 바닥에는 스케치용 종이들이 무질서하게 흩어져 있었고, 천장은 스토브에 나무를 태우면서 생긴 그을음으로 꺼멓게 보였다. 침대는 쓰레기장에서 주워온 널빤지에 새틴을 씌운 것이었다. 똥 이외는 모든 게 깨끗하던 시절이었다. 레넌은 스튜어트를 통해 랭보에 대해 알게 된 뒤 그에게 빠르게 빠져들었다. 랭보가 겪은 유년기와 청소년기의 삶이 자신의 삶과 비슷해 보였기 때문이다.

직업군인이었던 랭보 아버지는 집에는 어쩌다 왔고, 대부분의 시간을 병영에서 혼자 지냈다. 그에게 가정은 삶의 보금자리가 아니었다. 감옥처럼 느껴졌다. 자유롭기를 원한 그는 랭보가 여섯 살 때인 1860년 봄에 마지막으로 집을 찾았고 그후로 전갈도 편지도 보내지 않았다. 가족으로부터 영원히 사라진 것이었다.

랭보 어머니는 아이들에게서 아버지의 기억을 지우려고 애를 썼다. 아버지의 사진과 물건을 치웠고, 아이들 앞에서 아버지를 입에 올리지 않았다. 하지만 아버지를 잊지 못했던 랭보는 어머니가 창고 깊숙이 숨겨놓은 아버지의 가방을 찾아냈다. 가방 안에는 '군인 웅변술' '군대 서한문' '전쟁의 기술'이라는 제목의 원고와, 아버지가 알제리 정보국에 근무할 때 작성한 보고서 사본, 그리고 아랍어 사전, 아랍어 문법책, 코란 등이 있었다. 랭보는 놀라움 속에서 아버지의 책과 글을 읽으며 사라진 아버지를 상상으로 재구성해나갔다.

선원이었던 레넌 아버지도 집에 가끔 들어왔다. 그러다가 레넌이 세 살 때인 1943년 소식을 끊었다. 일 년 삼 개월 후 그가 리버풀로 돌아왔을 때 레넌 어머니는 다른 남자의 아내가 되어 있었고 레넌은 이모 집에 살고 있었다. 1946년 여름 리버풀에 다시 나타난 그는 레넌을 뉴질랜드로 데려가겠다고 했다. 레넌 어머니가 받아들이지 않자 일주일 후 돌아오겠다고 약속하며 레넌을 데리고 리버풀에서 약 구십 킬로미터 떨어진 항구도시 블랙풀로 떠났다. 하지만 일주일이 지나도 돌아오지 않자 레넌 어머니는 그를 찾아 블랙풀로 갔다. 두 사람은 양육권을 놓고 격렬하게 싸운 끝에 아들의 선택에 따르기로 했다. 레넌은 아버지를 따라 뉴질랜드로 가겠다고 두 번이나 말했다. 아들에게 외면당한 어머니가 멀어져가자 레넌은 아버지의 손을 뿌리치고 어머니에게로 울며 달려갔다.

레넌은 아버지와 어머니 모두를 원했다. 그런 그에게 부모는 한 사람만 선택하라고 한 것이었다. 잔인한 요구였다. 그럼에도 레넌이 아버지를 선택한 것은 그가 바다 건너 멀리, 자신이 알 수 없는 곳으로 떠난다는 사실 때문이었다. 따라가지 않으면 그를 영원히 잃을 것 같았다. 그리고 다시 어머니에게 달려간 것은 공포 때문이었다.

남편을 기다리다 지친 어머니는 어린 레넌을 집에 두고 저녁 외출을 자주 했다. 레넌은 한밤중에 잠에서 깨어나 자신을 보호하는 존재가 없다는 사실을 본능적으로 알아채고는 숨막힐 듯한 공포

속에서 온몸으로 울었다. 레넌에게 울음은 텅 빈 세계가 불러일으키는 공포에 대해 할 수 있는 유일한 저항이었다. 어머니가 떠난다고 했을 때 그 공포가 되살아난 것이었다. 리버풀로 향하는 기차 안에서 레넌은 이제 어머니와 함께 살 수 있을 것이라는 기대로 부풀었지만, 어머니가 레넌을 데리고 간 곳은 그녀의 집이 아니라 리버풀 교외 울턴 멘러브가에 있는 이모의 집이었다.

레넌은 어머니가 없는 이모의 집에서 아버지를 찾아가는 상상 여행을 자주 했다. 아버지에게 가려면 배를 타야 했지만 어른들이 허락하지 않을 것이기에 레넌은 배에 몰래 탔다. 그러고는 빛 한 점 들어오지 않는 배 밑바닥에 몸을 숨겼다. 어둠이 끊임없이 출렁였다. 그것은 바다의 출렁임이기도 했고, 아버지를 찾아 위험한 항해를 감행하는 어린 영웅의 출렁임이기도 했다. 언젠가부터 레넌은 상상 속에서 배를 만들기 시작했는데, 완성한 배는 새의 형상을 하고 있었다. 그 배를 타고 출항했을 때 레넌의 영혼은 새가 되어 창공을 비상했다.

레넌이 어린 시절을 회상하는 사이 바다의 조각을 어깨에 짊어지고 사막을 걷는 랭보의 환영이 사라졌다. 레넌은 한참 동안 서가를 뒤져 랭보 시집을 찾았다. 시집은 서가 한 귀퉁이에 숨어 있었다. 끝이 조금 해진 가죽 표지를 넘기자 속표지가 나왔고, 흰 여백에 적힌 낯익은 글씨가 보였다.

큰곰자리의 주막에서
초록 바다의 신성한 물결을 내려다보며
세례자를 그리워하는
스튜어트 서트클리프가 존 레넌, 그대에게
랭보의 영혼을 보낸다

1961년 가을, 스튜어트

스튜어트가 레넌의 스물한번째 생일선물로 함부르크에서 보낸 것이었다. 레넌은 눈물이 핑 돌았다.

함부르크에서의 첫 연주 생활은 1960년 12월, 조지가 미성년자라는 이유로 추방되면서 막을 내렸다. 스튜어트는 아스트리드의 곁에 있기를 원해 함부르크에 남았다. 이듬해 2월 레넌이 함부르크를 다시 찾았을 때, 아스트리드는 학교 졸업 후 사진작가로 활동하고 있었고 스튜어트는 그림에 빠져 있었다. 그해 7월 함부르크공항에서 스튜어트와 작별할 때 레넌은 그를 영원히 못 볼 줄은 꿈에도 몰랐다.

레넌은 스튜어트와 헤어져 있는 동안 그에게 편지를 많이 썼다. 주변의 누구에게도 하지 않은 이야기를 그에게 했다. 스튜어트는 간혹 예수의 어투로 편지를 쓰곤 했는데, 그러면 레넌은 세례자 요한의 어투로 답장했다. 그의 편지를 읽으면 다시는 돌아갈 수 없는 시절이 아련히 떠오르면서 그리움이 일었다.

레넌이 랭보를 의식적으로 멀리하게 된 것은 스튜어트가 죽고 나서였다. 1962년 4월 투어 공연차 세번째로 함부르크 땅을 밟았을 때, 레넌은 공항에 나온 아스트리드로부터 그가 죽었다는 소식을 들었다. 전날 밤 그의 작업실에서 급성 뇌출혈로 숨을 거뒀다고 했다. 그녀에게 뭐라고 말을 하고 싶었지만 아무 말도 나오지 않았다. 혀가 돌처럼 굳어버린 것 같았다. 죽음 앞에서는 어떤 말도 쓸모가 없음을 몸이 먼저 깨달은 것이었다.

죽음이 레넌의 영혼을 처음 후려친 것은 레넌이 열다섯 살 때인 1955년이었다. 이모 집에서 살기 시작한 지 구 년째 되던 해, 이모부가 급사했다. 자식이 없는 이모와 이모부는 레넌을 잘 키우려고 했다. 이모는 레넌에게 엄격했다. 레넌이 그녀가 정한 기준에서 벗어나면 엄하게 벌했다. 레넌은 이모의 엄격함이 자신을 위해서임을 알면서도 억압으로 느껴졌다. 존재가 침해당하는 느낌까지 들었다. 그럼에도 버려질까봐 두려워 순종의 자세를 보였다.

이모부는 달랐다. 레넌의 생각을 존중했고, 친근하게 대했다. 자신이 살아온 이야기를 해주기도 하고, 레넌이 좋아하는 노래를 함께 듣기도 하고, 간혹 술집에 데려가기도 했다. 레넌은 권위적이지 않은 이모부를 진심으로 좋아했다. 그런 그가 갑자기 죽은 것이었다.

이모부의 죽음이 불러일으킨 충격과 상실감에서 헤어나지 못하던 어느 날, 레넌은 사촌으로부터 어머니가 멀지 않은 곳에 살고 있다는 이야기를 듣게 되었다. 며칠을 망설이다 사촌이 알려준 집을 찾아갔다. 여러 차례 심호흡을 한 후 떨리는 손으로 벨을 눌렀다. 잠시 후 누군가가 문을 열었다. 어머니였다. 꼼짝도 않고 레넌을 뚫어질 듯 바라보던 어머니는 마침내 레넌을 끌어안으며 기쁨이 넘치는 목소리로 "내 아들, 내 사랑스러운 아들"이라고 말했다. 그 순간 레넌은 어두운 동굴 같았던 마음속으로 빛이 스며드는 것을 느꼈다. 믿기 힘든 기쁨이었고, 벼락처럼 떨어진 축복이었다.

이모가 어머니에 대해 함구한 것은 자신이 받을 충격을 염려했기 때문이었음을 레넌은 그때야 알았다. 그럼에도 레넌은 그날 이후 이모 몰래 어머니를 만났다. 하지만 언제까지 숨길 수는 없었다. 이모는 어머니의 처신을 못마땅하게 생각했으나 만남을 막지는 않았다.

어머니는 이모와는 너무 달랐다. 상냥하고 자유분방했으며 감정을 솔직하게 표현했다. 레넌은 어머니가 음악을 좋아한다는 사실을 알고 너무 기뻤다. 로큰롤을 즐겨 들을 뿐 아니라 레넌이 푹 빠져 있던 엘비스 프레슬리의 열렬한 팬이기까지 했다. 어머니는 레넌에게 밴조 연주법을 가르쳐줬고, 레넌이 갖고 싶어한 어쿠스틱 기타를 선물하기도 했다. 그러는 사이 레넌은 이모부의 죽음을 자연스럽게 받아들이게 되었다. 어쩌면 그의 죽음이 어머니를 만나기 위해 필요한 과정이었을지도 모른다는 생각까지 들었다. 하지만 그 생각은 오래가지 못했다. 어머니가 교통사고로 죽은 것이었다. 1958년 7월이었다. 차에 치여 이십 미터나 끌려간 어머니는 병원에 옮겨지기도 전에 숨졌다.

레넌은 스튜어트가 자신의 품에서 숨을 거두었다면서 흐느끼는 아스트리드를 가만히 안았다. 그녀의 고통이 느껴졌다. 그녀의 몸에서 흘러나온 고통이 그에게로 스며들어 그의 오래된 고통과 섞였다. 어디선가 또다른 울음소리가 어렴풋이 들려왔다. 아이의 울음소리였다. 아이의 얼굴이 보였다. 버림받은 아이였다. 캄캄한 방에서 아이는 홀로 공포와 허기에 짓눌린 채 울고 있었다.

레넌이 랭보 시집을 펼쳤을 때 서녘 하늘은 황혼이었다. 황혼의 빛 속에서 레넌은 스튜어트가 특히 좋아했던 「골짜기에 잠든 자」를 읽었다. 스튜어트의 목소리가 들리는 듯했다.

그것은 어느 초록 구덩이,
개울이 노래하고 해가 산등성이에서 빛나는.
남루한 풀 위에 미친듯이 헝클어지는 은빛,
햇살의 거품에 잠긴 작은 골짜기.

어린 병사 하나가, 입을 벌리고 맨머리로,
서늘하고 파란 물냉이 속에 목이 잠긴 채,
잔다. 구름이 흐르는 풀숲에서,

햇빛이 흘러내리는 초록 침대 안에서 창백하게.

두 발을 글라디올러스 속에 담그고 그는 잔다, 미소 지으며.
병든 아이가 미소 짓듯이.
자연이여, 그를 따뜻하게 재워라, 그는 춥도다.

시를 읽는 동안 레넌의 머릿속에 햇살에 잠긴 골짜기가 떠올랐다. 흘러내리는 시냇물과 은빛 햇살을 풀어헤치는 풀들의 생명력 넘치는 광경과 함께 시냇물 소리와 풀들이 부딪치는 소리가 귓속으로 흘러들어오면서 색깔들이 소리로 변하고 소리들이 색깔로 변했다. 소리와 색깔의 공감각적인 향연 속에서 미소를 지으며 잠든 어린 병사가 눈에 보였다. 병사의 얼굴은 랭보 같기도 했고, 스튜어트 같기도 했고, 레넌 자신 같기도 했다.

향기에도 그의 코끝은 움찍거리지 않는구나.
햇살 속에서, 고요한 가슴에 손을 얹고
그는 잔다.
오른쪽 옆구리엔 두 개의 붉은 구멍.

또다른 소리가 머릿속에서 울려퍼졌다. 조금 전과는 전혀 다른 소리였다. 소리가 흘러나오는 곳은 두 개의 붉은 구멍이었다. 구멍의 심연에서 흘러나오는 소리는 비탄에 젖어 있었다.

"모든 것이 끝났다. 내가 진정한 작가라면 전쟁을 막을 수 있었을 텐데……"

세상은 진흙에 덮인 것처럼 어두웠고, 소리는 세상의 어둠 속에서 나비처럼 날았다.

3

아스트리드가 무명작가의 그 문장을 시를 낭송하듯 천천히 슬픈 목소리로 읽었을 때, 레넌만 들은 것은 아니었다. 스튜어트도 듣고 있었다. "이 작가는 어쩌면 전쟁중에 죽었는지도 몰라"라는 아스트리드의 말에 스튜어트의 머릿속에서 풍경 하나가 떠올랐다. 그가 아스트리드에게로 다가간 것은 그 풍경 때문이었다.

"그 작가가 전쟁중에 죽었다면……"

스튜어트는 나직이 말했다.

"이런 죽음이 아니었을까?"

무슨 말을 하려는 건지 몰라 레넌과 아스트리드는 어리둥절한 표정으로 그를 보았다.

"내가 낭송하는 시를 들어봐."

그러면서 낭송한 시가 「골짜기에 잠든 자」였다.

"아름다운 자연이 어린 병사의 죽음을 품고 있네. 누구의 시야?"

아스트리드가 눈을 반짝이며 물었다.

"랭보."

비밀스러운 이름을 밝히는 것처럼 스튜어트는 속삭이듯 말했다.

"랭보가 그런 시도 썼구나."

"랭보 연구자들은 보불전쟁이 발발한 지 두 달 정도 지났을 즈음에 썼을 거라고 생각해."

"어, 랭보가 보불전쟁을 겪었어?"

"보불전쟁은 랭보가 열여섯 살이 되던 해인 1870년에 일어났어."

"랭보를 꿰고 있네."

아스트리드의 말에 스튜어트는 빙긋 웃었다.

"랭보는 전쟁을 혐오했어. 청년들을 의미 없는 죽음의 구덩이로 내모니까. 그런 마음에서 나온 시가 「골짜기에 잠든 자」이지. 내가 이 시를 좋아하는 가장 큰 이유는……"

스튜어트가 레넌에게로 시선을 돌렸다.

"시의 풍경이 생명체처럼 변화하기 때문이야. 처음 이 시를 접했을 땐 병사의 주검을 응시하는 랭보가 떠올랐어. 푸른색 눈동자와 농부의 손처럼 크고 붉은 손, 헝클어진 밝은 갈색 머리와 운동선수처럼 강인해 보이는 모습이 말이야. 그런데 언젠가부터 병사의 죽은 육신이 랭보의 육신으로 변화하기 시작했어. 손이 붉어지면서 커지고, 머리가 헝클어지면서 밝은 갈색으로 바뀌고…… 변화가 완성되었을 때 난 무척 놀랐어. 랭보가 자신의 죽음을 응시하고 있었으니까. 눈에 슬픔을 담고……"

스튜어트는 잠시 침묵했다.

"무명작가가 이 문장을 쓸 때 어쩌면 자신의 죽음을 보고 있지 않았을까? 랭보가 자신의 죽음을 보듯이."

그 말에 레넌은 흠칫 놀랐다. 어떤 손이 그의 가슴을 툭 치고 간 듯한 느낌 때문이었다. 손의 감촉이 차가웠다. 그것은 랭보의 손 같기도 했고, 무명작가의 손 같기도 했다.

4

레넌이 아스트리드에게 전화한 것은 LSD의 기운이 완전히 사라진 후였다. 약기운 속에서 그녀와 통화하고 싶지 않았다. 그녀를 마지막으로 본 지가 언제인지 가물가물했다. 함부르크 시절이 그리웠다. 돌이켜보면 그때만큼 자유로웠던 적이 없었다. 관습과 규율로부터의 해방이 자유의 감각을 깊고 풍요롭게 했다. 자유의 가장 큰 힘은 꿈을 꾸게 하는 것이었다. 꿈은 자유 속에서 피는 꽃이었다. 하지만 비틀마니아가 나타나면서 그 꽃이 시들기 시작했다.

비틀스가 커질수록 꿈은 시들어갔다. 꿈이 시들면서 세계가 낯설어져갔고, 낯선 세계 속에서 자주 길 잃은 아이가 되었다. 아이가 길을 잃은 것은 버려졌기 때문이다. 버려진 아이가 할 수 있는 유일한 행위는 자신을 버린 사람을 기다리는 일이다. 하지만 그 사람은 오지 않는다. 삶 저쪽으로 가버렸기 때문이다. 그런 생각에 사로잡히면 자살 충동이 일곤 했다. LSD는 자살 충동을 제어하는 데 어느 정도 도움이 되었다.

수화기에서 아스트리드의 목소리가 흘러나왔을 때 주근깨가 훤히 보이는 스튜어트의 사진이 떠올랐다. 그녀가 발트해에서 찍은, 그들이 행복했던 시절의 사진이었다. 그들만큼 행복했던 시절이 레넌 자신에게는 없는 것 같았다. 아스트리드의 목소리는 밝았다. 건강하다고 했고, 매력적인 남자와 연애중이라고 했다. 어떤 남자냐고 물었더니 리버풀이 고향인 남자라고 했다. 왜 또 리버풀 남자냐고 묻자 자신의 몸속에 리버풀에 매혹당하는 DNA가 있는 것 같다면서, 그 남자에 대해서는 당분간 비밀로 하고 싶다고 덧붙였다.

"그럼 언제 가르쳐줄 건데?"

"조금만 기다려줘."

"알았어. 뭐 좀 물어볼 게 있어."

그러면서 레넌은 무명작가의 문장을 들려주었다.

"이 문장, 기억해?"

"기억해."

"아, 기억하는구나. 난 까맣게 잊고 있었는데."

"그런데 어쩌다 기억이 났어?"

"랭보 때문에. 오랜만에 「골짜기에 잠든 자」를 읽었거든."

물론 LSD에 취해 읽었다는 말은 하지 않았다.

"그랬구나."

"무명작가의 책, 지금도 갖고 있어?"

"왜 그 책을 찾아?"

"글쎄…… 그런 말을 한 무명작가가 궁금해졌다고 할까……"

레넌은 스튜어트가 무명작가를 「골짜기에 잠든 자」와 연결시켜 말했을 때 가슴을 툭 치고 간 듯한 차가운 손의 감촉을 생각했다. 어쩌면 그 손 때문인지도 모른다는 느낌이 들었으나 그것을 어떻게 표현해야 할지 알 수 없었다.

"그 책, 나한테 없어. 어떤 기묘한 작가한테 빌려줬거든."

"기묘한 작가?"

"엘리아스 카네티라는 작가를 알아?"

"모르겠는데."

"그럴 거야. 아웃사이더 작가니까."

"음, 누군지 궁금하네."

"런던 햄스테드에서 살아."

"오, 영국 작가구나."

"아냐. 불가리아에서 태어난 스페인계 유대인이야. 나치를 피해

1938년에 영국으로 망명했어."

"망명 작가네. 그 작가는 어떻게 알게 됐어?"

"카네티를 초청한 함부르크의 어떤 문학그룹이 나에게 사진 촬영을 부탁했었거든. 그때 난 그런 작가가 있는지도 몰랐는데, 주최측이 준 자료가 흥미로웠어."

아스트리드는 그의 첫 장편소설 『현혹』이 1935년에 출간되었고, 1960년에 '군중과 권력'이라는 제목의 인류학적 연구서를 출간하기까지 그가 발표한 작품은 『현혹』 외에 희곡 한 편밖에 없다고 했다.

"오랫동안 작품을 쓰지 않았던 이유는 『군중과 권력』을 쓰는 데 시간을 다 바쳤기 때문이라고 그가 말했어. 맙소사! 책 한 권 쓰려고 이십오 년을 바쳤다는 거야. 하지만 슬프게도 그 책은 주목받지 못했어. 그러니 잊힐 수밖에. 하지만 함부르크의 문학그룹은 독일어에 대한 그의 각별한 애정 때문에 잊힌 작가를 초청했지."

레넌은 아스트리드를 처음 만난 날 그녀의 모국어인 독일어를 모른다는 사실 때문에 느꼈던 고통이 떠올랐다.

"카네티가 모국어처럼 자유자재로 구사하는 언어는 스페인어, 영어, 프랑스어, 독일어야. 그런데 글을 쓸 때는 독일어만 사용한다고 해. 영국으로 망명한 후에도 그런다고 했어. 함부르크에서의 강연은 그 이유에 대한 고백이었는데 매혹적이었어."

"어떤 내용이길래 널 매혹시켰지?"

"전화로 말하기에는 너무 복잡해. 강연 내용이 담긴 인쇄물을 보내줄게."

"고마워. 근데 무명작가의 책을 왜 그 사람에게 준 거야?"

"인쇄물 보낼 때 편지로 알려줄게."

"그것도 전화로 말하기가 어렵구나."

"응."

"우리 언제 볼까?"

"나야 비틀스의 우두머리께서 보고 싶다면 언제든 달려가지."

"비꼬지 마."

"진심으로 이야기하는 거야."

"고마워."

"목소리가 슬프네."

"요즘 슬퍼."

"존 레넌이 왜 슬퍼?"

"나를 잃어버린 것 같으니까."

"나도 나를 잃어버릴 때가 많아."

"감정의 상태는 다르겠지."

"맞아, 우린 언제나 달랐으니."

"무슨 뜻이야?"

"내가 널 바라봤을 때 넌 스튜어트를 바라봤어. 네가 날 바라봤을 때 난 스튜어트를 바라봤고."

“그랬었구나.”

레넌은 혼잣말하듯 중얼거렸다. 스튜어트의 죽음은 스튜어트를 향한 꿈만을 추억으로 변화시킨 게 아니었다. 그녀를 향한 꿈도 추억으로 변화시켰다. 영원히 잊히지 않을 아름다운 꿈이었다.

“꿈은 왜 늘 비극적이지?”

레넌은 조금 소리를 높여 말했다.

“아름다우니까.”

아스트리드의 목소리가 살 속으로 아프게 파고들었다.

“맞아, 넌 아름다웠어.”

레넌의 말에 아스트리드는 침묵했다.

“무슨 생각 해?”

불안해진 레넌이 물었다.

“그냥 옛날 생각. 신시아는 잘 있어?”

“잘 있어.”

“신시아에게 잘 대해줘. 신시아는 사랑에 민감해.”

“이젠 사랑이 뭔지 모르겠어.”

“네 아이를 낳은 여자야.”

“왜 그 말을 하는지는 알지만……”

“알았어. 이젠 입다물게. 굿 나잇.”

“굿 나잇.”

수화기를 내려놓자 귓속에서 또다시 아이의 울음소리가 들렸다. 아들 줄리언의 울음소리 같기도 했고, 어린 시절 자신의 울음소리 같기도 했다.

소포 상자가 도착한 것은 아스트리드와 통화한 지 열흘이 지난 후였다. 상자 안에는 편지와 함께 카네티의 함부르크 강연 내용이 담긴 인쇄물, 카네티의 글이 실린 영국 잡지 『엔카운터』가 있었다. 편지 겉봉에 강연 인쇄물, 편지, 『엔카운터』 순으로 읽으라고 적혀 있었다. 함부르크 강연은 1964년 4월에 있었다.

5

함부르크 문학그룹이 런던 북서부의 한적한 마을에 은둔해 있는 저를 불러내려 한 까닭은 제가 왜 독일어로만 글을 쓰는지 궁금하기 때문이라고 했습니다. 처음에 저는 그 요청을 거절했습니다. 누구에게도 이야기한 적이 없는, 마음속 깊은 곳에 숨겨놓은 것을 보여달라는 말과 마찬가지였기 때문입니다. 며칠 후 함부르크 문학그룹이 보낸 편지를 받았습니다. 간곡하고도 정성스러운 그 편지에서 독일어에 대한 그분들의 깊은 애정이 느껴져 저는 결국 마음을 바꿨습니다.

저에게는 조국이 없습니다. 조국이 없다는 것은 모국어가 없다는 뜻입니다. 저와 언어의 관계가 조금 특별한 까닭이 여기에 있습니다. 저는 1905년 7월 25일 불가리아 루세에서 태어났습니다. 저의 가문은 유대인 박해가 심했던 1490년대에 스페인의 카네테라는 마을을 빠져나와 터키에 정착한 스페인계 유대인 혈통입니다. 불가리아로 이주한 것은 제 할아버지 대였지요. 스페인을 떠난 지 사백 년이나 흘렀는데도 그들은 스페인어를 계속 사용했습니다. 제가 태어나 처음 들은 노래가 스페인 동요였을 정도니까요.

루세가 불가리아에만 속한 도시라고 생각하면 안 됩니다. 다뉴브 강변 하류의 항구도시인 루세에는 불가리아인 외에도 터키인, 그리스인, 알바니아인, 루마니아인, 아르메니아인 등 다양한 종족들이 살았고, 집시들도 자주 머물다 갔습니다. 그곳 사람들은 하루에도 일고여덟 가지의 서로 다른 말들을 들으며 생활했습니다. 소수 종족들도 있었는데 고유 의상을 입은 그들은 제가 알아들을 수 없는 말을 썼습니다. 그리고 그 말들은 제 귓속으로 흘러들어와 몸안에서 어떤 작용을 일으킨 다음 어디론가 사라졌습니다.

아주 어릴 때 일어난 일들은 제 기억 속에 스페인어로 잠겨 있었습니다. 그러다 언젠가부터 스페인어가 독일어로 옮겨지기 시작했습니다. 번역이라는 지적인 작업을 통해서가 아니라 무의식 속에서 절로 옮겨졌습니다. 묘한 것은 폭력이나 죽음 등 끔찍한 사건들은 독일어로 옮겨지지 않았다는 사실입니다. 당시 제가 썼던 스페인어가 그 사건들에 달라붙었기 때문일 것입니다.

앞서 말씀드렸듯 우리 가족의 일상어는 스페인어였습니다. 그런데 어머니와 아버지가 대화할 때는 스페인어가 아닌 다른 언어를 썼습니다. 제가 알아들을 수 없는 말이었습니다. 그게 독일어였다는 걸 저는 조금 큰 뒤에야 알게 되었습니다. 어머니와 아버지가 낯선 말로 대화할 때면 제가 소외된 듯한 느낌이 들어 그분들의 대화에 귀를 기울여 낱말들의 뜻을 물어보곤 했습니다. 그러면 그분들은 아직은 이르니 더 크면 가르쳐주겠다고 웃으며 말했습니다. 저는 제 방으로 가서 어머니와 아버지를 흉내내 그 낱말들을 발음해보았고, 나중에는 낱말들을 연결해서 문장을 만들어보기도 했습니다.

당시 저에게 독일어는 비밀스러운 언어였습니다. 비밀스러운 언어를 향한 갈망 속에는 복합적인 감정들이 뒤엉켜 있었습니다. 그중의 하나가 아버지에 대한 미움이었습니다. 그 미움은 아버지가 돌아가신 후 어머니에게 독일어를 배우게 되면서 사라졌습니다. 제 말에 여러분은 프로이트를 생각하실지 모르겠습니다만, 이 자리에서 그것에 대해 말하고 싶지는 않습니다. 제가 말하고 싶은 것은 아버지의 죽음입니다.

제가 여섯 살이 되던 해인 1911년, 평소 중부 유럽 문화를 동경해오던 아버지와 어머니는 할아버지의 뜻을 거역하고 영국

맨체스터로 이주했습니다. 거기에서 저는 새로운 언어인 영어를 익혔습니다.

이주하고 오래 지나지 않은 1912년 10월의 어느 날 아침이었습니다. 제 방은 이층에 있었는데 아래층에서 어머니의 비명소리가 들려 황급히 뛰어내려갔더니, 주방의 열린 문 너머로 아버지가 보였습니다. 아버지는 식탁과 벽난로 사이에서 사지를 쭉 뻗은 자세로 쓰러져 있었습니다. 얼굴이 창백했고, 입에는 거품을 물고 있었습니다. 어머니는 무릎을 꿇은 채 그런 아버지를 내려다보며 소리를 지르고 있었습니다. 이웃 사람들이 모여들었습니다. 저는 아버지에게 다가가 왜 그러고 계시는지 물어보고 싶었지만 누군가가 저를 바깥으로 데려갔습니다. 그게 마지막으로 본 아버지의 모습이었습니다. 그날 이후로 다시는 아버지를 볼 수 없을 거라는 사실을 그때 저는 까맣게 몰랐습니다. 아버지의 죽음은 제가 죽음을 제대로 이해하지 못할 때 벼락처럼 제 머리에 떨어졌습니다.

아버지를 죽음으로 내몬 건 심장마비였습니다. 당시 아버지는 서른한 살의 건강한 남자였습니다. 아버지를 검사한 의사는 아버지가 평소에 담배를 많이 피운 것 외에 급작스러운 심장마비를 일으킬 만한 다른 원인은 없어 보인다고 말했습니다. 아버지의 죽음이 수수께끼가 되어버린 것입니다. 그러던 어느 날 저는 아버지의 친구였던 플로렌티 씨로부터 놀라운 이야기를 듣게 되었습니다.

그가 말하길, 그날 아침 아버지는 식탁에서 신문을 읽고 있었다고 했습니다. 그의 말에 아버지가 쓰러진 바닥에 있던 맨체스터 가디언을 본 기억이 떠올랐습니다. 플로렌티 씨의 말에 따르면 그날 신문의 헤드라인은 발칸동맹 회원국인 몬테네그로가 오스만제국에 선전포고를 했다는 뉴스였습니다. 그것이 바로 발칸동맹과 오스만제국 사이에 벌어진 1차 발칸전쟁의 서막이었습니다. 플로렌티 씨는 침통한 목소리로 그 뉴스가 아버지를 죽였다고 말했습니다. 무슨 뜻인지 몰라 어리둥절해하고 있는 저에게 플로렌티 씨는 아버지가 전쟁을 세상에서 가장 사악한 것으로 생각했다면서, 건강한 아버지를 그렇게 갑작스럽게 죽일 수 있는 것은 전쟁 발발 소식밖에 없다고 했습니다. 제가 여전히 어리둥절해하자 저를 물끄러미 내려다보던 그가 아버지의 고향이 어딘지를 생각해보라고 했습니다. 아버지는 터키에서 태어나 불가리아에서 성장했습니다. 아시다시피 당시 터키는 오스만제국의 중심이었고, 불가리아는 발칸동맹 회원국이었습니다. 그제야 저는 무슨 말인지 어렴풋이나마 이해할 수 있었습니다. 제가 고개를 끄덕이자 그는 제 머리를 쓰다듬으며 슬픈 표정으로 웃었습니다.

그날 이후 저는 플로렌티 씨의 이야기가 대단히 위험한 비밀인 양 누구에게도 말하지 않고 가슴 깊은 곳에 간직했습니다.

그가 말해준 아버지의 이야기는 저에게 미궁과 같았습니다. 저는 아버지의 죽음을 품고 있는 미궁에 몰두했습니다. 아버지의 죽음을 제대로 알지 못하면 살아갈 의미가 없는 것처럼 느껴졌기 때문입니다. 제가 작가가 된 데에는 여러 요소들이 작용했겠지만 그 미궁을 떼어놓고는 생각할 수 없습니다. 아버지의 죽음이 저와 전쟁이라는 기괴한 생명체를 뗄 수 없는 관계로 만든 것입니다.

아버지의 갑작스러운 죽음에 충격을 받은 어머니는 결혼 전에 살았던 빈으로 돌아갈 생각을 했습니다. 어머니가 제게 독일어를 가르치기 시작한 게 그즈음이었습니다. 교재는 영어로 된 독일어 문법책이었습니다. 저는 거의 하루종일 독일어를 읽으며 그 뜻을 외워야 했습니다. 저의 기억력이 기대에 못 미치면 어머니는 "내가 이런 천치 바보 같은 자식을 두었다니……"라든가 "아버지가 널 보면 뭐라고 하겠니?" 등의 말로 저를 가차없이 몰아세웠습니다. 어머니에게 그런 말을 듣는 게 너무 절망스러워 이를 악물고 공부했습니다. 그리고 삼 개월 후 저는 빈에 있는 학교에 들어갔고, 수업에 어려움이 없을 정도로 독일어에 익숙해져 있었습니다. 어머니의 혹독한 가르침의 결실이었습니다. 어머니와 독일어로 대화하면서 새롭게 알게 된 것은 어머니가 단지 저만을 위해 그렇게 한 게 아니라는 사실이었습니다.

어머니에게 독일어는 아버지와 나눈 사랑의 언어였습니다.

학창 시절 빈에서 만나 연애하던 시절뿐만 아니라 부부가 된 이후에도 어머니와 아버지는 거의 독일어로 대화를 나누었습니다. 그 사랑의 언어가 아버지의 죽음과 함께 사라진 것입니다. 어머니가 독일어를 쓸 수 없는 상황을 못 견뎌한 것은 그것이 사랑의 상실을 환기하기 때문이었습니다. 어머니는 가능한 한 빨리 비어 있는 아버지의 자리를 채우려 했고, 그 대상이 저였던 것입니다. 저에게 그것은 엄청난 일이었습니다. 여덟 살짜리 아들이 순식간에 아버지가 되어버린 것보다 더 엄청난 일을 당시 저는 상상할 수 없었습니다. 그 사실을 깨달은 순간 저에게 독일어는 어떤 언어로도 대체가 불가능한 언어가 되어버렸습니다.

학창 시절 어머니와 아버지는 연극에 매료되어 있었습니다. 그분들이 처음 만난 곳이 극장이었습니다. 그분들의 꿈은 무대에 서는 것이었습니다. 아마추어 배우 활동을 하다 결혼을 하게 되면서 무대를 떠났지만, 그분들의 공통된 꿈은 사랑을 지속시키는 데 커다란 역할을 했습니다. 어머니가 저와 독일어로 대화할 때 연극 이야기를 자주 했던 것은 그러니 이상한 일이 아니었습니다. 자신의 이야기 속으로 빠져들어가 추억에 사로잡히면 어머니의 커다란 회색 눈동자는 저를 보면서도 저를 보고 있지 않았습니다. 어머니는 저를 통해 아버지를 보고 있었습니다. 저에게 이야기하는 것이 아니라 아버지에게 이야기하는 것이었습니다. 저도 모르는 사이에 저는 아버지가 되어 있었습니다.

어머니가 만든 극의 세계 속에서 우리의 사랑은 불길처럼 타올랐습니다. 그것은 저에게 황홀이면서 공포였습니다.

저는 아들이 아버지로 변신하는 것보다 더 벅찬 황홀을 알지 못합니다. 하지만 그 황홀 속에서 저는 공포에 떨었습니다. 저를 변신시키는 게 어머니의 몫이었다면, 극이 끝날 때까지 변신을 유지하는 일은 저의 몫이었기 때문입니다. 아들이 아버지의 무게를 견딘다는 것이 얼마나 고통스러운지, 경험하지 않으면 알기 어렵습니다.

황홀과 고통을 오가는 사이 저는 아이에서 청년으로 성장했습니다. 저에게 성장이란 아버지의 육신과 정신을 향해 다가가는 행로였습니다. 그 행로가 저를 작가로 만들었습니다. 황홀과 고통을 끊임없이 불러일으키는 극의 세계, 변신을 요구하는 허구의 세계에 현혹된 자가 작가가 되지 않는다는 것은 불가능합니다. 물론 그 행로에 대한 저항도 있었습니다. 정확히 표현하면 고통에 대한 저항이었습니다. 그 저항이 비천한 행위임을 깨달은 것은 미켈란젤로를 통해서였습니다.

미켈란젤로는 자신의 고통을 질료로 삼아 작품을 창조했습니다. 그에게 고통은 독자적으로 존재하는 생명체였습니다. 제가 감동한 것은 독자적인 그 생명체가 다른 사람들을 위해 존재한다는 사실 때문이었습니다. 그것을 깨닫는 순간 저는 거장의 고통 앞에 무릎을 꿇을 수밖에 없었습니다.

미켈란젤로의 작품 가운데 제가 유독 관심을 가진 것은 구약성서 예언자들의 조각상이었습니다. 제가 예레미야의 비통함과 에스겔의 열정에 사로잡힌 것은 구약성서를 읽었기 때문이 아닙니다. 미켈란젤로의 작품 때문이었습니다. 저는 십여 년 동안 그의 작품을 들여다보면서 구약성서의 예언자들과 친밀하게 지냈습니다. 젊은 날의 십 년이 얼마나 긴 세월인지, 여러분은 잘 아실 것입니다. 그 세월 동안 제가 예언자들에게 몰입한 것은 아버지의 죽음 때문이었습니다.

예언자는 세계의 부조리로 인한 비극을 가장 먼저 느끼고, 그 비극이 불러일으키는 고통의 울음소리를 가장 먼저 듣는 존재입니다. 가장 끔찍한 부조리는 전쟁입니다. 전쟁에 대한 예감과 그 예감이 불러일으킨 절망이 아버지의 목숨을 앗아갔듯이 말입니다. 아시다시피 1차 발칸전쟁에 이어 2차 발칸전쟁이 일어났고, 곧이어 인류의 거대한 재앙인 세계대전이 터졌습니다. 그 압도적인 재앙이 아버지의 죽음과 연결되어 있다고 생각하면 저는 표현할 길이 없는 슬픔과 외경의 감정에 빠져들었습니다.

어머니는 아버지가 돌아가신 지 이십사 년 후인 1936년에 돌아가셨습니다. 제가 서른한 살이 되던 해였습니다. 어머니가 돌아가셨다는 것은 어머니가 만든 극의 세계가 무너졌음을 뜻합니다. 극의 세계는 제 삶에서 중요한 축이었습니다. 삶의 축이 무너진 것입니다. 그 폐허를 배회하면서 오래전 어머니와 함께 거닐던 묘지를 생각했습니다. 한 수도원의 작은 묘지였습니다. 비석에 새겨진 죽은 자의 이름을 더듬으며 무덤 사이를 거니는데, 어머니가 묘지 풍경이 너무 아름답다면서 여기에 묻히고 싶다고 했습니다. 제가 열한 살 때였습니다. 저는 이루 말할 수 없는 충격을 받았습니다. 어머니가 죽을 수 있다는 생각을 한 적이 없었기 때문입니다. 어머니의 죽음이 현실로 닥치자 저는 열한 살 아이가 되어 어머니가 사라진 세상의 폐허를 배회했습니다. 1938년 3월 히틀러가 빈에 입성하여 독일과 오스트리아의 합병을 선언하고서야 저는 그 배회를 멈출 수 있었습니다.

저는 꿈에도 몰랐습니다. 아버지를 절명케 한 전쟁에의 예감이 저를 덮칠 줄은. 히틀러의 선언을 듣는 순간 저는 전쟁이 일어나리라는 예감에 휩싸였습니다. 그때 저는 아버지가 되어 있었습니다. 아버지를 덮친 예감과 똑같은 예감이 무너진 극의 세계를 되살린 것입니다. 하지만 저는 절명한 아버지가 아니었습니다. 절명하지 않은 아버지였습니다. 저를 바라보는 어머니의 시선이 느껴졌습니다. 어머니도 전쟁을 증오했습니다. 언젠가 괴테의 『파우스트』를 이야기하는 자리에서 어머니는 파우스트가 악마와 타협한 행위를 경멸하면서, 악마와 타협할 수 있는 유일한 조건은 전쟁 종결이라고 단호히 말했습니다. 저는 아버지가 절명하지 않았다면 전쟁에 맞서는 일을 했으리라고 생각했습니다. 그 일을 제가 해야 했습니다. 그래야만 어머니의 시선이 사라지지 않을 테니까요.

저는 1938년 11월 말에 빈을 떠났습니다. 그해 11월 7일 파리에서 한 유대인이 독일 대사관의 3등 서기관을 사살하자 독일에서는 나치가 들어선 이후 최대 규모의 유대인 학살이 행해졌습니다. 위협을 느껴 영국으로 망명한 이후 저는 단 한 권의 책을 쓰기 위해 혼신을 다했습니다. 책을 완성하기까지 이십 년이 넘는 세월이 요구되었습니다. 독일어로 쓴 그 책의 제목이 바로 '군중과 권력'입니다.

그 책은 희곡도 아니고 소설도 아니고 서사시도 아닙니다. 인간에 대한 연구서입니다. 작가가 연구서 한 권을 쓰기 위해 이십 년이 넘는 세월을 바쳤다는 사실에 많은 사람들이 놀랍니다. 하지만 저로서는 그럴 수밖에 없었습니다. 그것이 저에겐 전쟁에 맞서는 행위였기 때문입니다.

몇 년 전 저는 '어떤 무명인의 비망록'이라는 제목의 책을 우연히 얻게 되었습니다. 독일어로 쓰인 그 책에서 '모든 것이 끝났다. 내가 진정한 작가라면 전쟁을 막을 수 있었을 텐데……'라는 문장을 발견한 순간 저는 회상에 빠져들었습니다. 지난날의 제 모습이 보였기 때문입니다. 그 글은 2차세계대전이 일어나기 일주일 전인 1939년 8월 23일에 쓰였습니다.

1945년에 끝난 그 전쟁은 미증유의 참화였습니다. 참화의 중심에 아우슈비츠라는 기괴한 생명체가 지금도 고통스럽게 숨쉬고 있습니다. 인류사의 어느 페이지를 펼치더라도 학살과 마주칠 수 있습니다. 인간이 인간에게 행한 그 참혹한 행위는 쉼없이 일어났습니다. 하지만 아우슈비츠 학살은 그전의 학살과는 달랐습니다. 광포와 격정이 아니라 과학에 의해 이루어진 이성적이고 냉정한 학살이었습니다. 인간이 신으로부터 영원한 유죄를 선고받은 징표가 아우슈비츠라고 생각하는 이유가 여기에 있습니다. 그 징표는 인간을 그전과는 전혀 다른 눈으로 바라볼 것을 간절히, 준엄하게 요구하고 있었습니다. 그것에 대한 저의 응답이 『군중과 권력』이었습니다. 그 책을 제대로 쓰려면 평생의 세월을 바쳐야 한다는 사실을 알고 있었습니다. 하지만 그 책을 위해 문학을 포기하기가 쉽지 않았습니다. 당시 저는 문학에 사로잡혀 있었습니다. 1931년에 첫 희곡 『결혼』을, 1935년에는 첫 장편소설 『현혹』을 출간했습니다. 작가가 작품을 쓰지 않는다는 것이 얼마나 괴로운 일인지, 그 시절에 절실히 깨달았습니다. 그럼에도 문학을 포기할 수밖에 없었던 것은 1938년 히틀러의 빈 입성이 불러일으킨 전쟁에의 예감 때문이었습니다.

제가 군중에 대한 책을 쓰려고 처음 생각한 것은 빈대학에 입학한 1924년이었습니다. 그전까지 저는 군중을 사회에, 그리고 저에게도 위협적인 존재로만 생각해왔습니다. 하지만 그해 노동자들의 대규모 시위운동을 지켜보면서 어떤 저항하기 힘든 힘에 의해 저 자신이 군중 속으로 빨려들어가 군중의 일원이 된 듯한 감정을 느꼈습니다. 그리고 그 느낌이 어떤 영감을 불러일으키면서 제 내면을 꿰뚫었습니다. 그러던 차에 1927년 7월 빈에서 시민과 노동자들의 대규모 시위로 권력의 상징인 법무성이 불타는 광경을 목도하고 결심을 굳혔습니다. 얼마 후 저는 군중 연구만으로는 불충분하며 권력에 대한 연구도 필요하다는 사실을 깨달았습니다. 군중과 권력은 서로 밀접하게 관련되어 있어 하나가 없으면 다른 하나를 이해할 수 없기 때문입니다. 앞에서 제가 한 권의 책을 쓰기 위해 이십 년이 넘는 세월을 바쳤다고 말했지만, 정확히 말하면 삼십육 년의 세월이 걸린 것입니다.

한 가지 더 고백하자면, 『군중과 권력』을 쓰는 동안 자주 언어 발작이 일어났습니다. 제가 언어 발작을 처음 겪은 것은 맨체스터에서 빈으로 이주한 지 이 년째 되던 해인 1914년이었습니다. 그해 7월 1차세계대전이 발발하자 빈 시민들은 "영국 놈들을 죽여라!"라고 외치며 거리를 행진하곤 했습니다. 그들의 독일어가 저의 머릿속에서는 영어로 번역되면서 기묘하게 뒤섞인 두 개의 언어가 날카롭게 충돌했습니다. 제 안에 있는 서로 다른 두 개의 생명체가 충돌하는 것처럼 느껴졌습니다. 집밖에서 영어를 사용하는 건 엄격히 금지되었습니다. 적국의 언어였기 때문입니다. 불안을 느낀 어머니는 1916년 저를 데리고 스위스 취리히로 이주했습니다. 중립국이었던 취리히에서는 언어의 혼란스러운 충돌이 일어나지 않았습니다.

『군중과 권력』을 쓰면서 유독 자주 언어 발작을 겪은 것은 독일어가 제3제국의 언어였기 때문입니다. 앞에서 말씀드렸듯이 제게 독일어는 사랑의 언어였습니다. 그런데 그 사랑의 언어가 학살의 언어가 되어 시체를 쌓고 쌓아 바벨탑을 만들었다는 사실이 발작을 일으킨 것이었습니다. 제가 발작을 견딜 수 있었던 것은 아버지의 죽음을 등에 짊어지고 있었기 때문입니다. 죽음의 무게는 발작을 지탱하는 힘이었습니다.

저는 제3제국에서 벗어나 영국으로 망명한 이래 이십육 년째 런던 햄스테드에서 살고 있습니다. 그동안 모국어를 버리고 영어로 글을 쓰기 시작했다고 자랑스럽게 말하는 작가들을 심심찮게 보았습니다. 그때마다 저는 무어라고 말해야 할지, 참 곤혹스러웠습니다.

런던의 작가들은 독일어로만 글을 쓰는 저를 지금까지도 뜨악한 표정으로 보고 있습니다. 그들이 저를 마지못해 동료로 받아들이는 것은 저의 유일한 장편소설인 『현혹』의 영어 번역본이 런던 서점에 꽂혀 있기 때문일 것입니다. 저에게 영어는 독일어와 마찬가지로 친숙합니다. 그럼에도 제가 영어로 글을 쓰지 않는 이유를 여러분은 이제 이해하시리라 믿습니다. 제가 어린 시절에 겪은 모든 일들이 언젠가부터 독일어로 옮겨져 기억의 그릇에 저장되기 시작한 이 비밀스럽고 신비스러운 번역의 과정 역시 여러분들은 이해하시리라 믿습니다. 오랜 시간 동안 두서

없는 저의 말을 경청해주신 여러분에게 깊이 감사드립니다.

6

아스트리드의 말이 맞았다. 카네티의 강연 내용은 매혹적이었다. 게다가 세상에, 아스트리드의 책에서 본 그 문장이 나오다니! 우연이라고 간주할 수 없는 무언가가 있는 듯했다. 강연 내용 가운데 특히 강렬하게 다가온 부분은 카네티 아버지의 죽음에 대한 것이었다. 전쟁에의 예감이 죽음에 이르게 했다는 사실은 신비롭기까지 했다. 그 죽음을 일곱 살의 아들이 목격했다는 부분에서는 슬픔과 함께 질투가 일었다.

레넌에게 아버지는 바다 너머로 사라진 존재였다. 어린 레넌이 그를 찾아 나서는 상상 여행 속에서 새의 형상을 한 배를 만들어 출항했을 때, 영혼이 새가 되어 창공을 비상했던 꿈의 여행은 세월이 흘러도 늘 가슴을 설레게 하는 기억이었다. 그 아름다운 기억이 와르르 무너진 것은 이 년 전이었다.

1963년 초 데일리 익스프레스에 '존 레넌의 아버지, 식당에서 접시 닦이로 일하다'라는 제목의 기사가 실렸다. 기자들이 레넌의 아버지 프레디를 찾아냈다고는 하나, 프레디가 의도적으로 알렸을 가능성이 컸다. 그 기사를 읽었을 때 레넌은 자신의 소중한 부분이 뜯겨나가는 듯한 고통을 느꼈다. 아버지를 만나보라는 주위의 권고를 거절했다. 매니저 브라이언 엡스타인은 프레디가 비틀스에게 위험한 존재임을 직감했다. 그가 기자들에게 무슨 이야기를 할지 알 수 없었다. 그동안 공들여 구축한 비틀스의 이미지가 훼손될 가능성이 컸다. 위험을 차단하는 유일한 방법은 두 사람을 만나게 해 좋은 관계로 만드는 것이었다. 엡스타인의 집요한 설득에 레넌은 비틀스 멤버들과 함께 아버지를 만나기로 했다. 혼자 만난다고 생각하면 끔찍했다.

4월 1일 레넌은 런던 팔라디엄의 넴스(NEMS) 사무실에서 엡스타인, 조지 해리슨, 링고 스타와 함께 십칠 년 만에 아버지를 만났다. 아버지를 보는 순간 오랜 상처가 되살아났다. 상처가 불러일으킨 것은 슬픔과 분노였다. 그러한 감정을 보여주고 싶지 않았던 레넌은 아버지에게 시종 냉담한 표정을 지었다. 분위기가 어색해질 수밖에 없었다. 만남은 짧게 끝났고 그들의 만남은 언론에 알려지지 않았다. 하지만 몇 달 후 프레디는 돈을 받고 언론에 기삿거리를 제공함으로써 엡스타인을 다시 놀라게 했다. 엡스타인은 프레디에게 아들이 주는 선물이라며 삼십 파운드 수표를 건네면서 매주 십이 파운드의 생활비를 보내주겠다고 했다. 레넌에게는 괴로운 결정이었다. 아들의 명성을 이용해 돈을 뜯어내는 아버지가 환멸스러웠다. 유년 시절의 꿈의 존재가 산산조각이 난 것이다.

장롱은 열쇠가 없었어!…… 열쇠 없는 그 커다란 장롱!
우린 늘 바라보았지 갈색 검은색의 그 문을……
열쇠 없는 문을!…… 야릇했어!…… 우리는 수없이 꿈꾸었지
나무로 된 장롱 옆구리 사이에 잠자고 있는 신비한 것들을,
그리고 들리는 것만 같았지, 입 벌린 자물쇠 깊은 곳에서,
먼 곳의 어떤 소리가, 어렴풋한 유쾌한 속삭임이……

레넌은 랭보의 시 「고아들의 새해 선물」을 나직이 읊으며 랭보 아버지의 죽음을 생각했다. 랭보 아버지는 혼자 사는 집에서 숨진 채 발견되었고, 시신은 다음날 성당에 안치되었다. 죽었다는 소식이 가족에게 알려진 것은 장례식이 끝난 후였다. 랭보 어머니는 건조한 문장으로 이루어진 편지를 받고서야 남편이 죽었다는 걸 알았다. 아버지가 홀로 죽어갈 때 랭보는 이탈리아 제노바에 있었다. 그날 랭보는 이집트 알렉산드리아로 가는 선박의 운행 시간을 확인한 후 가족에게 편지를 썼다. 유럽에서 보내는 마지막 편지라 생각했다.

랭보의 유랑은 어린 시절에 사라진 아버지와 연관이 있었다. 랭보는 짧은 생애 동안 끊임없이 유랑했다. 그가 집을 떠나 별들 아래서 자유롭게 걸어가는 모습을 꿈꾼 것은 아버지가 사라지면서였다. 그에게 아버지는 저 너머의 존재, 초월의 존재였다.

레넌은 새의 날개 같은 두 발로 아버지가 사라진 곳을 향해 떠

난 랭보를 떠올리며 아스트리드의 편지를 펼쳤다. 낯익은 글씨가 눈에 들어왔다.

안녕, 레넌!

카네티의 강연 내용을 재밌게 읽었을지 모르겠네. 음, 내 느낌으로는 재밌게 읽었을 것 같아. 넌 나와 닮은 구석이 있으니까. 흥미로운 내용이 많이 있지만 우리가 이야기할 부분은 무명작가의 책이겠지. 카네티의 강연을 듣고 있다가 "모든 것이 끝났다. 내가 진정한 작가라면 전쟁을 막을 수 있었을 텐데……" 라고 말하는 목소리에 깜짝 놀랐어. 스튜어트와 함께 우리가 공유한 그 문장을 들었으니 어떻게 놀라지 않을 수 있겠니!

강연 후 이어진 파티에서 난 카네티에게 『어떤 무명인의 비망록』과 함께 문제의 그 문장이 언급되어 무척 놀랐고 또 반가웠다고 말했어. 그는 의아한 표정으로 왜 그렇게 느꼈는지 궁금하다고 하더군. 난 그에게 무명작가의 그 문장에 얽힌 우리의 이야기를 들려줬어. 내 말에 그는 적잖게 놀란 것 같았어. 특히 랭보와 연관된 이야기를 들을 때는 상기되기까지 하더군. 그럼에도 그는 침묵했어. 침묵 속에서 나를 꿰뚫어보는 듯한 그의 시선에 나는 긴장했지. 얼마 뒤 카네티가 침묵을 깨뜨리고 "당신은 그 책을 어떻게 갖게 됐소?"라고 물었어. 어조와 표정에서 그 책을 대단히 귀하게 여기고 있다는 게 느껴졌어. 난 내심 당황했어. 벼룩시장에서 떨이로 샀거든. 겸연쩍은 목소리로 그렇게 말하자 왜 그 책을 선택했느냐고 카네티가 다시 물었어. 제목이 눈길을 끌었다고 답했지. 그러자 카네티는 "우리가 그 책을 공유하고 있다는 사실이 단순한 우연은 아닌 듯하오"라고 말했어. 무슨 뜻인지 궁금했지만 그는 다시 침묵하더군.

그가 침묵하면 매우 독특한 분위기가 형성돼. 배우가 무대에서 침묵할 때 생기는 긴장감 같은 게 흘러나와. 단순히 말을 멈춘 상태가 아닌 거야. 침묵 속에서 자신이 한 말을 곱씹으며, 자신이 하려는 말을 조탁하는 것 같달까. 그래서 침묵이 오히려 분위기의 밀도를 높여주었지. 묘하게 그가 말할 때도 배우가 무대에서 하는 말처럼 들렸어. 그의 독일어 발음은 부드러운 오스트리아 억양이 섞여 있어 듣기 좋았어.

"나에게 『어떤 무명인의 비망록』은 세상에서 가장 소중한 책이오."

침묵을 끝내고 그가 한 말이야. 그와 책 사이에 어떤 드라마틱한 사연이 있는 것 같았어. 그가 어떤 말을 할지 궁금해하며 기다렸지.

"그 책이 내 손에 들어오기까지의 과정을 생각하면 운명이라는 말이 자연스럽게 떠오르오. 그 과정을 지금 당신에게 말할 수는 없소. 이 자리에서 말하기에는 너무나 미묘하기 때문이오. 다만 지금 당신에게 말할 수 있는 것은……"

난 가슴이 두근거렸어. 나를 바라보는 그의 눈이 너무 슬퍼 보였거든. 금방이라도 눈물이 뚝뚝 떨어질 것 같았어. 마음 깊은 곳을 자극하는 눈빛이라고 할까.

"그 무명작가가 꼭 내 아버지처럼 느껴졌소. 가면놀이를 좋아하고, 빈의 부르크극장을 그리워하고, 신문 읽기에 몰입하는 그의 모습은 신비하게도 아버지와 똑같았소. 그런 느낌 속에서 책을 읽어나가다 당신이 말한 그 문장과 마주친 순간 난 전율했소. 자신이 진정한 작가라면 전쟁을 막을 수 있었을 것이라는 절망적 탄식이 아버지를 죽음에 이르게 한 절망과 이어져 있었기 때문이오. 갑작스레 떠난 아버지의 목소리가 그 책을 통해 들려오는 것만 같았소. 내가 무명작가의 그 책을 세상에서 가장 소중한 책으로 생각하는 이유를 알겠소?"

내가 알 것 같다고 대답하자 그는 나를 그윽한 시선으로 보더니 속삭이는 듯한 목소리로 이렇게 말하더군.

"존 레넌이 서가의 책들 가운데 그 책을 뽑은 것과, 책 속의 수많은 문장들 가운데 하필이면 그 문장의 뜻을 물은 것, 그리고 그 문장을 까맣게 잊고 있다가 랭보의 시를 통해 기억해낸 것은 단순한 우연이 아닐 것이오. 지금 난 랭보의 「골짜기에 잠든 자」를 미친듯이 읽고 싶소. 아버지가 나에게 보여준 죽음의 그 건조한 풍경은 내 영혼에 낙인처럼 찍혀버렸소. 영원히 변하지 않을 풍경으로 말이오. 그런데 당신의 놀라운 친구들이 마술처럼 그 풍경을 변화시켰소. 식탁과 벽난로 사이에서 입에 거품을 문 채 사지를 쭉 뻗고 쓰러진 아버지를 시냇물이 흐르고 투명한 햇살에 잠긴 골짜기로 옮겼으니 말이오."

그의 상상력이 놀랍지 않아? 난 깜짝 놀랐어. 그 말을 할 때 그의 입가에 처음으로 미소가 번졌어. 아이와 같은 천진한 미소였어. 그 순간 난 그에게 애정을 느꼈지. 아이의 마음을 품고 있는 존재에 대한 애정이었어.

"미스 아스트리드."

그가 친근한 어조로 내 이름을 불렀을 때 나는 직감했어. 그가 어떤 부탁을 하리라는 것과, 그게 뭐든 거절하기 힘들 거라는 걸.

"아버지의 목소리가 담긴 『어떤 무명인의 비망록』을 잃어버렸다는 사실을 당신은 믿을 수 있겠소?"

그의 목소리는 슬픔에 잠겨 있었어.

"난 그 책을 수도원에서 잃어버렸소. 이 사실도 믿을 수 있겠소?"

먼 곳을 바라보는 듯한 그의 눈빛에 외로움이 서려 있었어. 돌이킬 수 없는 어떤 운명에 지쳐버린 자가 느끼는 외로움이랄까……

"그 수도원은 나의 은둔처였소. 수도원은 세상과 멀리 떨어진 깊은 산골짜기에 있소. 도시의 풍경이, 차량과 기계의 소음이, 사람의 소리와 냄새가 싫어질 때면 거기로 갔다오. 수도원장은 나에게 외딴방을 제공했소. 바깥 세계와 완벽히 차단된 밀실이었소. 그러니까 세상 끝에 있는 비밀스러운 정원 같은 곳에서 책을 잃어버린 거요. 이해가 되오?"

그가 무엇을 말하고자 하는지 알 수가 없어 가만히 있었어.

"만약 누군가가 가져갔다면 수도사밖에 없소. 거기엔 수도사들뿐이니까. 하지만 그런 일은 상상할 수 없소. 수도사는 자신이 아니라 신을 기쁘게 할 수 있는 것을 찾는 사람이오. 세상과 근본적으로 다른 곳에 있으면서도 세상 사람들을 위해 기도하는 사람들이 작가의 책을 훔친다는 건 있을 수 없는 일이지 않소."

그 말을 하고 카네티는 다시 특유의 침묵 속으로 들어갔어. 나는 그의 침묵이 불러일으키는 긴장을 즐기고 있다는 걸 깨달았어. 어느새 그의 상대역이 되어 있는 나를 느꼈거든. 나도 모르는 사이에 그가 만든 무대에 올라서게 된 거지.

"살다보면 드물긴 하지만 어떤 특정한 사물이 특정한 시간에 우리가 알 수 없는 뭔가를 상징을 통해 이야기하는 것을 경험하게 되오. 그 상징이 뜻하는 게 무엇인지 깨닫지 못하면 아무것도 모른 채 지나가버린다오. 『어떤 무명인의 비망록』을 잃어버렸다는 사실을 알았을 때 둔감하게도 난 그것이 품은 상징을 깨닫지 못했소. 그것을 깨닫게 된 것은 책을 잃어버린 지 일주일 후인 1962년 10월 22일이었소. 날짜를 정확히 기억하는 건 그날 저녁 케네디 대통령이 텔레비전 연설을 통해 소비에트연방의 쿠바 핵미사일 기지 건설 사실을 밝히면서, 그 행위는 미국에 대한 무력시위이며 기지 건설을 강행한다면 선전포고로 받아들이고 핵전쟁도 불사하겠다는 공식성명을 발표했기 때문이오. 그 뉴스를 접하는 순간 아버지의 죽음과 함께 사라진 그 책이 떠올랐소. 그날 밤 난 가수 상태에서 아버지의 목소리가 담긴 그 책이 어떤 알 수 없는 힘에 이끌려 다른 공간으로 옮겨지는 광경을 보았소. 그것이 꿈인지 환영인지 지금도 알 수 없지만, 분명한 것은 평소의 시선으로는 볼 수 없는 광경이었다는 사실이오. 그날 이후 난 기다렸소. 사라진 책이 나에게 돌아오기를 말이오. 내가 아버지를 잊지 못하듯 그 책은 나를 잊지 못하리라, 잊지 못하면 돌아오리라, 생각했소. 생각이라기보다는 예감이었소. 그 예감은 지금 나에게 속삭이고 있소. 책이 마침내 돌아왔다고."

그의 말이 혼란스럽게 들리겠지. 하지만 난 조금도 혼란스럽지 않았어. 오히려 신선한 충격에 사로잡혔어. 권태에 잠긴 생의 감각을 흔들어 깨우는 충격이라고 할까. 어쩌면 그가 만든 극의 세계에 사로잡혀 있었기 때문인지도 몰라. 묘한 것은 비현실적으로 느껴지던 그 세계가 일상의 기억과는 달리 시간이 지날수록 오히려 생생해진다는 사실이야. 현실보다 더 깊은 세계이기 때문일까?

"그 책을 나에게 주면 난 당신에게 당신이 원하는 것을 주겠소. 그것이 무엇이든."

카네티가 이 말을 했을 때 난 순수한 기쁨을 느꼈어. 그토록 순수한 기쁨은 참 오랜만이었지. 생각해봐. 『어떤 무명인의 비망록』은 네가 발견하기 전까지는 그냥 한 권의 책일 뿐이었는데, 너로 인해 특별한 기억을 불러일으키는 책이 되었어. 그리고 그 책을 카네티라는 낯선 작가가 신비스러운 책으로 변화시킨 거야. 나는 신비스러운 책의 운반자가 되었고. 그 순간 난 현실을 초월한 어떤 존재로부터 선택받았다는 느낌이 들었어. 순수한 기쁨에 취해 카네티에게 조건 없이 책을 주겠다고 말했지. 거기에 조건을 붙인다는 게 순수한 기쁨을 훼손하는 행위로 여겨졌거든.

나는 그에게 기다려달라고 말한 후 곧장 집에 가서 책을 가지고 왔지. 책을 받은 그는 "아버지의 목소리를 소중히 간직해준 당신에게 무한한 경의를 보내고 싶소"라고 말하면서 나를 살짝 껴안고는 나에게 주소를 물었어. 『어떤 무명인의 비망록』에 관한 에세이를 쓴 적이 있는데, 그 글이 실린 책을 보내주겠다면서. 그 책이 너에게 보낸 잡지 『엔카운터』야. 독일어 원문이 영어 번역문과 함께 실려 있어 독일인으로서 무척 반가웠어. 읽고 난 후 돌려줘. 『어떤 무명인의 비망록』이 있던 자리를 채워야 하니까. 이제 펜을 놓아야겠어. 존 레넌이 『엔카운터』를 읽을 수 있도록.

7

쿠바 미사일 위기를 겪은 지 반년이 지났습니다. 핵전쟁으로 치달을 수 있었던 일촉즉발의 상황을 우리는 생생히 경험했습니다. 세계의 몰락이 눈앞에 다가와 있었습니다. 그것은 성서에 등장하는 노아의 홍수나 여느 종말론의 풍경과는 전혀 달랐습니다. 그 미증유의 풍경 앞에서 인류는 자신의 운명을 기계에 맡기면서 종교적 예언이 그 가치를 상실해버렸음을 비로소 깨달았습니다. 종교의 주요 관심사였던 세계의 몰락이 언젠가부터 세속인에게도 주요 관심사가 되어버린 후 각양각색의 사람들이 세계의 몰락에 대해 말하기 시작한 것입니다. 이 현상에서 제가 주목한 것은 그렇게 말하는 사람들 중에 작가는 보이지 않는다는 사실이었습니다.

아우슈비츠 이후 회복이 불가능해 보일 정도로 깊이 앓았고, 사람들 사이에서 조소의 대상이 되었으며, 마침내 보기 흉할 정도로 찌그러져버린 존재가 작가였습니다. 그리하여 일군의 지식인들 사이에서 '문학은 죽었다'는 담론이 심오한 사상처럼 더없이 진지하게 논의되기에 이르렀습니다. 그런 상황에서 작가란 아무런 쓸모가 없는, 더 나아가 저주받은 사람이었습니다. 이런 현실을 출발점으로 삼아, 기아와 빈곤과 폭력과 압제가 일상화되고, 전쟁이 끊임없이 일어나는 세계에서 작가가 할 수 있는 일이 무엇인가를 생각해보는 것이 무익하지만은 않을 것입니다. 작가라는 존재가 겪어야 했던 불행에도 불구하고 그 존재 자체에 내재된 어떤 미묘한 정신성이 소멸했다고 볼 수는 없기 때문입니다.

언젠가 저는 '어떤 무명인의 비망록'이라는 제목의 책을 읽었습니다. 독일어로 쓰인 그 책에 대해 약간의 설명이 필요할 듯하군요. 오래전 함부르크에 있는 어떤 출판사의 편집자가 우연히 자신의 손에 들어온 낡은 노트를 들여다보았습니다. 이름이 적혀 있지 않은 그 노트에는 일상생활에서 일어난 갖가지 일들, 예를 들면 누군가가 자신을 찾아왔다든가, 신문에서 놀라운 기사를 보았다든가, 슬픈 일이 있었다든가, 귀가하면서 본 풍경이라든가, 한 번도 들어본 적이 없는 소리가 들렸다든가, 예상하지 않은 일이 일어났다든가, 아침에 눈을 뜬 직후의 기분이라든가, 큰마음 먹고 산 물건의 기능이라든가에 대한 짧은 글들이 기록되어 있었습니다. 내용이 너무 사소하고 책으로 내기에는 분량도 충분치 않았지만 어떤 마음에선지 그 편집자는 그 노트를 책으로 출판했습니다. 그 책은 몇몇 서점에 비치되었다가 많은 책들이 그렇듯 얼마 후에는 사라졌습니다.

저는 그 책이 있는지도 몰랐습니다. 출판사 편집자가 무명인의 비망록을 우연히 갖게 되었듯 저 역시 그 책을 우연히 갖게 되었습니다. 1954년 어느 날 저는 영화를 만드는 영국인 친구들과 모로코의 옛 수도 마라케시를 방문했습니다. 촬영이 목적인 그 여행에 제가 슬쩍 끼었던 거지요. 아프리카 대륙의 천년 고도 마라케시는 저에게 다양한 충격을 불러일으켰습니다. 그중에서 가장 의미 있는 충격은 유럽에서 거의 사라진 존재인 이야기꾼과의 만남이었습니다.

시장 광장에서였습니다. 많은 사람들이 원을 그리듯 한 사람을 둘러싸고 있어 호기심에 다가갔더니 놀랍게도 거기에 이야기꾼이 있었습니다. 가만히 그의 이야기를 들어보니 설명하기 힘든 어떤 선율이 느껴졌습니다. 제가 선율이라는 단어를 쓴 것은 그의 목소리에 노래의 요소가 짙게 깃들어 있었기 때문입니다.

선율은 목소리를 명료하게 들리게 할 뿐 아니라 소리의 색채를 풍부하게 변용했습니다. 목소리가 잦아드는 듯하다가 순간 강력하고 고양된 소리가 흘러나오는 것은 선율 때문이었습니다. 선율에 실린 목소리는 공기만이 아니라 듣는 사람의 마음까지 물결치게 했습니다. 한마디도 알아들을 수 없었지만 이야기가 끝날 때까지 꼼짝도 않고 귀를 기울인 것은 마음의 물결 때문이었습니다. 그는 이야기를 하는 동안 자신을 주시하는 사람들에게 눈길을 주지 않았습니다. 그가 주시한 것은 이야기 속 인물이었습니다. 이야기꾼의 그런 모습을 보는 동안 저는 저를 포함한 세상의 작가들을 자연스럽게 떠올렸습니다. 작가들의 글에도 저 이야기꾼의 선율이 깃들어 있을까? 작가들도 저 이야기꾼만큼 자신의 이야기 속 인물에 몰입하고 있을까? 저 이야기꾼은 차갑고 쓸모없는 지식에 짓눌리지 않고, 명성에 대한 어떤 욕망도 없이 이야기에 자신을 바치고 있다. 저 사람에 비하면 작가들은 욕망덩어리이지 않은가.

제가 상념에서 깨어났을 때 청중들이 흩어지고 있었습니다. 이야기가 끝난 것이죠. 이야기꾼의 바구니에 돈을 넣는 사람이 적잖게 보였습니다. 저는 사람들이 다 사라질 때까지 그곳을 떠나지 못했습니다. 그냥 가서는 안 된다고 생각하면서도 바구니에 선뜻 돈을 넣지 못했기 때문입니다. 마라케시 거리에서 저는 저에게 손을 내미는 걸인과 자주 마주쳤습니다. 그러면 저는 준비해둔 동전 한 닢을 주머니에서 꺼내 걸인의 손바닥에 살짝 떨어뜨립니다. 처음에는 어색했으나 몇 번 하다보니 어색함이 사라지면서 즐거움까지 느꼈습니다. 빈자에게 선을 베풀었다는 흐뭇함과 그들에 대한 우월감에서 비롯된 즐거움이었습니다.

제가 이야기꾼의 바구니에 선뜻 돈을 넣지 못한 것은 그가 걸인이 아니었기 때문입니다. 그는 자신의 이야기로 이미 저에게 선을 베풀었을 뿐 아니라 저보다 우월한 존재였습니다. 위치가 역전된 것입니다. 이러지도 저러지도 못한 저는 사람들이 다 흩어진 후에도 나무처럼 덩그렇게 광장에 서 있을 수밖에 없었습니다. 그러다 문득 저를 바라보고 있는 이야기꾼의 시선을 느꼈습니다. 제가 당황하자 그는 미소 지으며 다가와 예의 그 낯선 언어로 뭐라고 말했습니다.

모로코인이 쓰는 말은 아랍어와 베르베르어입니다. 베르베르어는 무슬림이 북아프리카를 점령할 당시 살았던 베르베르인의 언어입니다. 안타깝게도 베르베르어는 아랍어에 밀려 점차 사라지고 있습니다. 저는 아랍어도 베르베르어도 모르지만 이야기꾼의 말이 베르베르어임을 알았습니다. 아랍어를 들을 때 받는 특유의 느낌과는 다른 느낌을 받았으니까요. 제 마음을 물결치게 한 그의 이야기가 사라져가는 언어의 물결이었던 것입니다. 그의 말을 알아들을 수 없다는 사실이 갑자기 부끄러워졌습니다. 너무 부끄러워 죄를 지은 듯한 느낌까지 들었습니다. 제가 베르베르어를 모른다고 해서 부끄러움을 느낄 이유는 없습니다. 그럼에도 죄를 지은 듯한 부끄러움까지 느꼈던 것에 대해 어떻게 설명해야 할지 모르겠습니다. 언어는 작가에게 있어 생명체입니다. 생명체가 사라져가는데도 아무것도 할 수 없는 무력함에 대한 부끄러움이 아닌지, 생각해봅니다.

이야기꾼이 제가 알아들을 수 없는 말을 한다고 해서 꿀 먹은 사람처럼 서 있을 수만은 없었습니다. 저는 "당신의 말을 알아들을 수 없어 몹시 슬프다"고 프랑스어로 말했습니다. 모로코가 오랫동안 프랑스의 통치를 받았기에 프랑스어를 구사하는 모로코인이 꽤 있다는 사실을 알았기 때문입니다. 하지만 그는 빙그레 웃기만 했습니다. 저는 그 표정을 보며 그가 프랑스어를 모른다는 사실을 알았습니다. 그리고 그 순간 안도했습니다. 기쁘기도 했습니다. 왜 그런 감정이 들었는지, 나중에 곰곰이 생각해봤습니다.

제가 들은 그의 이야기에는 말로는 옮길 수도 가둘 수도 없는, 말보다 더욱 뜻깊고 다채로운, 말을 넘어서는 무엇인가가 깃들어 있었습니다. 제가 말을 알아듣지 못함에도 마음이 설렌 것은 바로 그 '무엇' 때문이었습니다. 그와 일상적인 대화를 하게 된다면 '무엇'이 훼손될 것 같은 예감이 들었던 것입니다.

우리는 가만히 서서 서로를 바라봤습니다. 그의 표정에는 자신의 이야기에 몰입한 이방인을 향한 애정이 깃들어 있었습니다. 저의 표정에는 아마도 진정한 이야기꾼을 향한 경외가 깃들어 있었을 것입니다. 저는 그의 얼굴을 보면서 경외의 값을 제대로 지불하는 게 불가능하다고 생각했지만, 그럼에도 양복 안주머니에서 지갑을 꺼냈습니다. 그냥 간다면 저를 향한 그의 애정이 사라질지도 모른다는 불안 때문이었습니다. 자본주의사회에서 오랫동안 살아온 속물의 불안이었지요. 그는 제가 건넨 지폐를 보고 놀란 표정을 지었습니다. 제가 부디 받아달라는 제스처를 하자 그는 미소와 함께 받았습니다. 그러고는 자신의 남루한 가방에서 책 한 권을 꺼내 저에게 주었습니다. 그 책이 바로 함부르크에서 출판된 『어떤 무명인의 비망록』이었습니다. 그가 어떤 경위로 그 책을 갖게 되었는지, 독일어로 된 그 책을 읽을 수는 있는

지, 왜 그 책을 저에게 주었는지, 저는 아무것도 모릅니다.

제가 『어떤 무명인의 비망록』에 대해 이토록 장황하게 이야기한 것은 '모든 것이 끝났다. 내가 진정한 작가라면 전쟁을 막을 수 있었을 텐데……'라는 책 속의 문장 때문입니다. 이 문장은 1939년 8월 23일에 쓰였습니다. 2차세계대전이 일어나기 일주일 전입니다. 저는 그 문장을 읽고 또 읽었습니다.

'모든 것이 끝났다'는 말에서는 전쟁을 피할 수 없다는 사실에서 기인한 도저한 절망을 느낄 수 있습니다. 문제는 그다음 문장인 '내가 진정한 작가라면 전쟁을 막을 수 있었을 텐데……'입니다.

이 문장을 풀이하면, 자신이 진정한 작가가 아니기 때문에 전쟁을 막지 못했다는 뜻입니다. 제가 주목한 것은 전쟁의 책임을 완전히 자신에게 돌리고 있다는 점입니다. 과대망상으로 간주할 수도 있겠지만, 그런 생각으로 기울지 않은 것은, 그 책에 실린 다른 글들에서 보이는 일상에 대한 냉정하면서도 세밀한 감각 때문입니다. 그런 감각을 가진 이를 과대망상에 빠졌다고 할 수 없겠지요. 그는 절망하고 있었습니다. 하지만 자신을 절망에 빠뜨린 이들을 비난하고 있지는 않았습니다. 비난의 화살은 진정한 작가가 못 되어 전쟁을 막을 수 없는 자신을 향해 있었습니다. 여기에서 질문이 발생합니다. 작가가 무슨 힘으로 전쟁을 막을 수 있단 말입니까?

세상의 많은 사건들이 언어를 통해 일어납니다. 언어가 존재하지 않는 세상을 상상하면 얼마나 많은 사건들이 언어를 통해 일어나는지 실감할 수 있습니다. 언어를 통해 많은 사건들이 일어난다면 또한 언어를 통해 그 사건들이 일어나지 않도록 하는 것도 가능하지 않겠는가, 라는 것이 무명작가의 생각일 것입니다.

작가는, 그가 진정한 작가라면 언어에 자신의 존재를 바칩니다. 참으로 희귀한 희생제의입니다. 이 희귀한 희생제의의 이면에는 작가 자신이 거의 의식하지 못하는 무엇인가가 숨어 있습니다. 그것은 때때로 작가를 갈기갈기 찢는 듯한 힘으로 나타납니다. 인류의 불행에 책임을 느끼고 자기 스스로 속죄하려는 의지입니다. 이 의지가 무명작가의 문장 속에 아프게 박혀 있습니다. 그리고 역설적으로 무명작가가 진정한 작가인 이유가 여기에 있습니다.

작가의 이런 의지가 어떤 가치를 지닐 수 있을까요? 비현실적이기 때문에 가치가 없는 것일까요? 저는 아니라고 생각합니다. 왜냐하면 어떤 사건이 일어난 것에 대해 스스로 책임을 느끼는 것은 그 사건과 가장 깊은 관계를 맺는 행위이기 때문입니다.

작가라는 존재가 만신창이가 되었다면 작가들이 현실과 진정한 관계를 맺는 것을 회피했기 때문이라고 생각합니다. 이 불행한 현상은 인류사에서 손에 꼽을 만한 비극이 시작되기 전에 나타난 유미주의자들과 깊은 관계가 있습니다. 그들은 현실을 지나치게 경멸한 나머지 예술을 현실에서 분리시켰습니다. 그것이 작가를 만신창이로 만드는 데 일정한 역할을 했다고 생각합니다. 그러한 유미주의자들의 정신과 대척점에서 빛나고 있는 것이 바로 무명작가의 문장입니다. 자신의 언어에 책임을 지고 완전한 실패를 통절하게 받아들이는 작가가 있는 한 우리는 희망을 가질 수 있습니다. 설령 우리에게 남은 것이 하나도 없고, 그 작가가 얼마나 우리를 지탱시켜줄지 알 수 없다고 해도 말입니다.

2장

작가와 혁명가

1

1960년 12월 몹시 추운 어느 날 티나에게서 전화가 걸려왔다. 내일 집에 있느냐고 묻기에 외출 계획이 없다고 하자 오후 다섯시쯤 집에 들르겠다고 했다. 쿠바에서 온 시인이 햄스테드 히스에 가보고 싶어한다는 것이었다. 주거지가 동베를린임을 감안해도 런던에 자주 오지 않던 티나가 쿠바 시인에게 햄스테드 히스를 보여주기 위해 오겠다고 하니 카네티는 어리둥절했다.

19세기까지만 해도 말들의 목초지였던 햄스테드 히스는 해발 사백 미터 고지에 팔백 에이커에 달하는 광활한 초원과 야생 숲으로 이루어진 자연공원이었다. 카네티가 거기에 처음 발을 디뎠을 때 떠오른 이가 마르크스였다. 런던 빈민가 소호에 살던 힘겨운 시절에 마르크스가 가족과 함께 누린 유일한 즐거움이 날씨 좋은 여름날에 음식과 신문이 든 바구니를 들고 햄스테드 히스로 소풍 가는 것이었다. 카네티가 마르크스에게서 시선을 거둘 수 없던 까닭은 그가 삶의 모든 언어와 행위를 자신의 소명을 위해 바쳤기 때문이다. 『군중과 권력』을 쓰면서 지치거나 회의가 일면 카네티는 햄스테드 히스를 거닐면서 마르크스의 숙명적 고독과 장엄한 인내를 떠올리며 마음을 다독였다.

다음날 오후 다섯시가 조금 안 돼 집에 온 티나는 쿠바 시인이 아버지를 만나고 싶어한다면서 집밖으로 카네티를 이끌었다. 카네티는 티나를 따라 쿠바 시인이 기다린다는 레스토랑으로 갔다. 도로에서 벗어난 주택가 골목에 위치한 오래된 레스토랑이었다. 좀처럼 보기 힘든 가스등이 천장에 매달려 있는 걸로 보아 19세기에는 마구간이었을 것이다. 티나가 안내한 곳은 구석진 별실이었다.

막연하게 여자일 거라 생각했는데 쿠바 시인은 짐작과 달리 남자였다. 텁수룩한 수염에, 귀가 크고 눈썹이 짙었다. 강렬한 얼굴임에도 부드러운 인상을 주는 것은 검은 테 안경 너머로 보이는 연한 푸른색 눈동자가 아이처럼 천진하게 빛났기 때문이다.

"제 이름은 에르네스토입니다. 망명 작가를 뵙게 되어 기쁩니다."

남자의 입에서 스페인어가 나오자 카네티는 친근감이 일었다.

오랜만에 듣는 스페인어였다.

"저는 망명 작가를 즐겨 상상하곤 했습니다. 걸으면서도 꿈을 꾸며, 문명의 일몰을 아프게 깨닫는 존재를 말입니다."

그가 눈을 반쯤 감은 채 말했다.

"망명이란 고향을 상실하는 일인데 나에겐 잃어버릴 고향이 없었으니 여느 망명 작가와 차이가 있소. 난 그냥 작가일 뿐이오."

"그래도 전 진실을 전하려는 작가의 열정에 자주 경탄합니다."

"당신은 작가가 아닌 것처럼 말하는구려."

"전 작가가 아닙니다."

그는 쑥스러운 표정으로 말했다.

"티나가 말했소. 어떤 쿠바 시인이 햄스테드 히스에 가보고 싶어한다고."

"음, 티나가 저를 시인이라고 했군요."

"시인이 아니신가요?"

티나는 낭랑한 목소리로 물었다.

"시는 저에게 페퍼민트 향과 같은 것이었습니다. 전 어린 시절부터 천식이 심해 늘 쿨룩거렸습니다. 페퍼민트 향은 기침을 진정시키는 효능이 있지요. 목 상태가 좋지 않으면 어머니는 페퍼민트 향을 피워놓고 시를 낭송해주셨습니다. 제가 가장 많이 들은 시는 보들레르의 여행 시였습니다. 어머닌 일찍부터 저에게 프랑스어를 가르쳐주셨습니다. 어린 아들이 보들레르의 시에 귀를 기울이게 하기 위함이었지요."

그의 입가에 미소가 어렸다.

"시는 언제부터 썼소?"

카네티의 물음에 그의 얼굴이 약간 붉어졌다.

"시가 영혼을 담는 그릇임을 알게 된 십대 후반부터 썼습니다. 하지만 이십대가 저물 무렵 제 시가 영혼을 제대로 담지 못한다는 사실을 깨닫게 되었습니다."

"에르네스토는 자신이 시인이 아니라고 하지만 시는 물론 산문들도 저에겐 뛰어난 시처럼 느껴져요. 그 힘은 아마도 에르네스토의 글이 머리와 손에서 만들어지는 게 아니라 삶에서 흘러나온다는 데에 있을 거예요."

마음을 좀처럼 드러내지 않는 티나의 평소 모습과 달라 카네티는 남자가 어떤 사람인지 한층 궁금해졌다.

"간혹 저 자신이 다른 사람인 듯 낯설게 느껴질 때가 있습니다. 그럴 때 떠오르는 존재가 '실패한 시인'입니다."

"실패하지 않는 시인이 세상에 있소?"

시인은 아름다움을 누리는 사람이 아니다. 아름다움을 견디는 사람이다. 아름다움은 견딜 수 없는 것이기에 시인은 늘 실패한다. 시의 씨앗은 실패의 캄캄한 절망 속에 깃든다. 카네티는 그렇게 생각해왔다.

"제가 쓴 시들이 얼마나 형편없는지를 오래전에 깨달았습니다.

그래서 마음을 바꾸었지요. 시를 쓰지 않는 대신 시를 제대로 누리자고 말입니다. 보들레르의 시를 누렸던 것처럼."

"보들레르의 시를 어떻게 누렸소?"

카네티는 문명이 품고 있는 야만적 상처와 존재의 캄캄한 절망 사이에 끼여 도취와 전락, 반항과 몽상과 초월 속에서 상징의 숲을 가로질러 시의 사원을 구축한 시인을 생각하며 물었다.

"천식 발작 후 핏기 없는 얼굴로 침대에 늘어져 있는 저에게 어머니가 달콤한 목소리로 '내 아기 내 누이야 꿈꾸어보렴, 함께 사랑하다 죽어가는 삶의 감미로움을 떠올려보렴, 널 닮은 마을에서!' 하고 보들레르의 「여행에의 초대」를 낭송해주셨을 때, 저는 어떤 아늑한 마을이 저에게 어서 오렴, 하고 손짓하는 듯한 환영에 사로잡혔습니다."

당시를 회상하는 듯 그의 눈이 몽롱해졌다.

"그리고 청년이 되었을 때 저는 저를 닮은 마을을 찾아 남미 대륙을 정처 없이 떠돌았습니다. 보들레르의 시구처럼 하늘과 바다가 캄캄해도 저를 닮은 마을을 찾아 떠도는 제 마음은 늘 설렜습니다."

"그래서 당신을 닮은 마을은 찾았소?"

카네티는 점점 더 그에게 호기심이 생겼다. 타인에게 마음이 끌린 것은 참 오랜만이었다.

"지금도 찾고 있습니다."

"왜 아직까지 찾지 못했소?"

"저를 닮은 마을을 찾는다는 것은……"

그의 눈은 여전히 몽롱했다.

"저를 초월하는 행위입니다. 저를 닮은 마을이란 이상적인 저의 모습이 안식할 곳이니까요."

"당신의 여행은 영원히 끝나지 않겠구려."

"지금 전 새로운 여행의 도정에 있습니다. 어떤 시인이 이렇게 노래했지요. 누구도 태양의 리듬에 맞춰 땅을 일구지 못하고, 사랑과 은혜로운 마음으로 옥수수 열매를 거두어들인 적이 없다고. 시인의 노래에는 노동의 기쁨을 제대로 누리지 못하는 인류에 대한 깊은 슬픔이 담겨 있습니다. 이 시를 제대로 누리려면 누구나 태양의 리듬에 맞춰 땅을 일구고, 사랑과 은혜로운 마음으로 옥수수 열매를 거두어들이는 세상을 만드는 일에 참여해야겠지요."

"노동의 가치가 회복되는 세상을 말하는 거요?"

"그렇습니다."

"당신은 마르크스주의자이구려."

"인류는 오래전부터 시인을 통해 유토피아를 상상해왔습니다. 마르크스는 시인이 상상한 세상을 누구도 따라올 수 없는 깊은 곳까지 들여다보았습니다. 그러지 않으면 시인의 상상 속에서 자신의 운명을 발견해내지 못할 테니까요. 저에게 마르크스주의는 끊임없는 성찰로 새롭게 변화시켜나가야 할 생명체입니다. 제가 이 생명체를 사랑하는 이유는 이 생명체가 시인의 영혼을 품고 있기 때문입니다. 세상에서 제일 어려운 게 사랑이지요. 사랑 앞에서 인간만큼 서툰 존재가 있을까요."

그의 눈꺼풀이 내려갔다가 천천히 올라왔다. 속눈썹이 길었다. 어디선가 본 듯했다.

"마르크스주의자로서 당신은 어떤 일을 하는지 물어도 되오?"

"저는 지평선을 꿈꾸는 혁명가입니다. 이룬 꿈도 있지만, 앞으로 이루어야 할 꿈도 있습니다."

그의 입가에 수줍은 미소가 어렸다.

"강철 같은 신념과 텅 빈 위장을 가진 이분은 세계 어느 곳, 어떤 나라, 어떤 사람의 고통도 자신의 고통처럼 느껴요."

티나가 살며시 끼어들었다.

"티나가 절 과대평가하는군요. 어쨌든 전 고통을 잘 견디는 편이긴 합니다. 태어날 때부터 앓은 천식 때문이지요. 열 살이 되면서 혼자서 주사 놓는 법을 터득했습니다."

남자의 말에 카네티는 어떤 기억이 떠올랐다. 그럴 리가 없다고, 꿈에서나 가능한 일이라고 생각하면서도 한번 떠오른 기억은 사라지지 않았다.

"혹시 당신의 고향이 아르헨티나이오?"

"어떻게 그걸 아셨나요?"

그가 반색하며 말했다. 환해진 그의 얼굴이 어린아이처럼 빛났다.

"한 가지만 더 묻겠소. 1956년 11월 어느 날 새벽 당신은 쿠바인들과 함께 멕시코만의 어떤 마을에서 낡은 목조선을 타고 쿠바를 향해 떠나지 않았소?"

"그 여정은 저를 닮은 마을을 찾는 과정의 일환이었습니다."

카네티는 가슴이 쿵, 내려앉았다.

"그것이 사실이라면……"

카네티는 남자를 뚫어질 듯 쳐다보았다.

"당신은 체 게바라군요."

"본래 이름은 에르네스토입니다. 체는 멕시코 친구들이 지어준 이름이지요."

믿기지가 않았다. 일어날 수 없는 일이었다. 카네티는 자신을 둘러싼 세계가 순간 다른 차원으로 이동한 듯한 느낌이 들면서, 한편으로는 두 젊은 남녀가 연극을 하는지도 모른다는 생각 또한 들었다.

"체 게바라는 쿠바 혁명정부를 대표해 해외순방중이라 알고 있소. 내 기억으론 아바나를 떠난 것은 10월이오."

"10월 22일에 떠났습니다."

남자는 미소를 지으며 말했다. 얼굴에서 연기의 표정을 찾을 수 없었다. 혼란스러웠다. 카네티는 티나를 바라봤다. 티나의 얼굴은 약간 긴장한 듯 굳어 있었다. 유희의 감정이 끼어들 데가 없었다.

"이건 제 여권입니다."

그가 불쑥 여권을 내밀었다. 카네티는 여권에 부착된 사진을 들여다봤다. 얼마 전 한 시사주간지에서 본 체의 사진이 생각났다. 흐루쇼프 옆에 선 체가 10월혁명 사십삼 주년 기념 군대 행진을 내려다보는 사진이었다. 그들은 레닌의 시신이 누워 있는 붉은 대리석 무덤 위에 서 있었다. 국가의 수장도 당대표도 아니면서 그 자리에 초대된 이는 체 게바라가 유일했다.

카네티는 여권에서 시선을 떼고 남자를 보았다. 남자는 어느새 검은 테 안경을 벗은 채였다. 자신을 바라보는 남자의 크고 깊은 눈에 우수가 깃들어 있었다. 유령을 보는 듯한 느낌이 들면서 멀미가 일었다. 현실 바깥에서 현실과 다른 새로운 현실을 만들어냄으로써 현실의 캄캄한 내면을 드러내는 것이 극의 역할이었다. 카네티가 미디어를 통해 쿠바혁명을 들여다보면서 체 게바라에게 사로잡힌 것은 그가 쿠바라는 현실을 극의 세계로 만들었기 때문이다. 카네티에게 체 게바라는 극 속의 존재였다. 그 허구적 존재가 눈앞에 나타났으니 유령처럼 느껴질 수밖에 없었다.

"집에 가 있을게요. 제가 있으면 자유롭게 이야기하실 수 없을 것 같아요."

티나가 일어서며 말했다. 카네티는 별실에서 나가는 딸을 멍하니 바라봤다. 뭐라고 말을 해야 할 것 같았으나 머릿속이 휑했다.

"놀라게 해드려서 송구스럽습니다."

"티나와는 어떻게……"

목소리가 제대로 나오지 않았다. 몸까지 떨렸다.

"티나를 알게 된 것은 제가 신뢰하는 동지를 통해서였습니다. 그 동지가 육 개월 전 쿠바 통상 대표단을 이끌고 베를린에 도착했을 때 통역 담당이 티나였습니다."

티나는 여덟 살부터 열일곱 살 때까지 아르헨티나에 살았기 때문에 스페인어가 유창했다.

"평범한 공무원이 그런 중요한 통역을 맡았다니 뜻밖이오."

"티나는 평범한 공무원이 아닙니다."

"무슨 뜻이오?"

"슈타지를 아십니까?"

"동독의 정보부로 알고 있소."

카네티의 말에 체는 한동안 수심이 어린 듯한 표정으로 침묵하다가 입을 열었다.

"티나는 슈타지 비밀요원입니다."

안색이 하얘진 카네티는 입을 벌린 채 그를 보았다. 믿을 수 없었다. 지금까지 그는 티나를 교육부 소속의 공식 통역사로 알고 있었다. 하지만 체 게바라의 말이기 때문에 믿지 않을 수도 없었다.

"티나가 공산당 청년단에 들어간 건 열아홉 살이 되던 해인 1949년입니다. 그로부터 삼 년 후 슈타지 요원이 되었습니다."

"음, 알겠소."

카네티는 중얼거리듯 말했지만 여전히 머릿속은 캄캄했다.

"제가 신뢰하는 동지 이야기로 다시 돌아가겠습니다. 그 동지가 쿠바로 돌아와 저에게 편지 한 통을 건네더군요. 쿠바혁명에 열렬한 관심을 가진 독일 여성의 편지라고 하면서요. 그 여성이 티나입니다. 동지의 전언에 따르면, 쿠바혁명에 참여하고 싶다는 티나의 요청에 동지는 체 게바라의 허락을 받아야 한다고 대답했고, 쿠바 통상 대표단이 떠나는 날 티나가 동지에게 편지를 건네면서 저에게 전해달라고 했다더군요. 티나의 편지에서 제가 주목한 것은 혁명에 대한 시선의 폭과 깊이였습니다. 쿠바혁명을 쿠바라는 특정 국가의 혁명을 넘어서서 라틴아메리카 대륙 혁명의 관점에서 들여다보고 있었습니다."

"프롤레타리아국제주의를 뜻하오?"

"대륙 혁명은 프롤레타리아국제주의를 포괄합니다. 관점에 따라 프롤레타리아국제주의가 대륙 혁명을 포괄하고 있다고 생각할 수도 있습니다. 서로에게 스며드는 관계니까요."

체는 고요한 눈빛으로 카네티를 응시했다.

"저도 티나에게 편지를 보내 제국주의에 대한 이해, 마르크스-레닌주의와 사회주의국가의 당면문제, 혁명가의 자세, 개인과 역사의 관계 등을 질문했습니다. 티나의 답변은 섬세하고 열정적이면서 단단하고 명료했습니다. 티나가 쿠바혁명에 참여하길 원한 것은 마르크스-레닌주의자로서의 소명을 찾았기 때문임을 당에 제출한 그녀의 진술서를 보고 알았습니다. 티나의 꿈은 라틴아메리카에서, 가능하다면 자신이 자란 아르헨티나에서 혁명운동에 참여하는 것이었습니다. 이번 저의 해외순방 일정에 독일민주공화국이 포함되어 있어 티나를 만나본 결과 티나의 꿈이 조금도 변하지 않았음을 확인했습니다. 제가 선생님을 뵈러 온 것은……"

카네티의 표정을 살피며 체는 잠시 말을 멈췄다. 카네티는 숨을 깊이 들이쉬었다. 그가 무슨 말을 할지 불안했다. 티나가 슈타지 비밀요원이라는 말을 들은 순간부터 두근거리던 가슴이 더 격해졌다.

"티나를 혁명 전선으로 데려가는 것을 허락받기 위함이 아닙니다. 혁명가는 자아를 버려야 하는 사람입니다. 자아를 버리기로 결심한 이가 사적 관계에 연연하는 것은 죄를 짓는 행위와 마찬가지입니다. 혁명가가 혁명 전선으로 가게 해달라고 부모의 허락을 구하는 것만큼 가련한 풍경이 또 있을까요."

노크 소리와 함께 웨이터가 들어왔다. 잘게 썬 양갈비를 채소와 버무린 샐러드, 치즈와 피클이 담긴 접시들을 식탁에 내려놓고는 레드와인의 코르크 마개를 땄다.

"와인을 좋아하신다고 들었습니다."

체의 말에 카네티는 고개를 끄덕였다.

"전 술을 썩 좋아하지 않지만 레드와인은 즐깁니다."

두 사람은 가볍게 잔을 부딪쳤다. 웨이터가 나가자 체는 멈추었던 이야기를 계속했다.

"슈타지 해외 첩보 지국은 티나의 희망에 따라 그녀를 아르헨티나로 보낸 후 적절한 시점에 미국으로 잠입하는 특수 요원으로 활용할 계획을 갖고 있었습니다. 그러던 차에 티나가 낯선 인물을 만나기 시작했습니다. 물론 티나는 그 사람이 자신의 아버지라고 보고했지만 슈타지로서는 그 인물에 신경이 쓰일 수밖에 없었죠. 아버지임을 증명하는 서류가 없었기 때문입니다."

"나를 말하는 거요?"

"그렇습니다."

"지금도 의심하오?"

"지금은 의심하지 않지만 당시에는 의심하지 않을 수 없었습니다. 명확한 증거가 없으면 의심해야 하는 것이 슈타지의 의무니까요."

"티나에게서 편지를 받기 전까지 난 티나가 세상에 존재한다는 사실조차 몰랐소."

티나에게서 편지가 온 것은 1955년 2월이었다. 편지에는 티나가 어머니에게서 들었다는 자신의 출생 과정과 아버지에 관한 내용이 적혀 있었다. 처음 읽었을 때 카네티는 믿기지 않았다. 독일어를 배운 이래 독일어가 그토록 낯설게 느껴진 적은 처음이었다.

"편지의 내용이 진실이라는 것은 어떻게 아셨습니까?"

"진실을 통하지 않고서는 언어로 표현할 수 없는 내용들이 있었소."

핏줄의 심연에 잠겨 있던 진실이었다.

"슈타지의 파일을 보니 선생님이 1928년 7월 베를린의 말리크 출판사에서 일하게 되면서 티나의 어머니인 마르타를 만나셨더군요."

"당시 난 빈대학에서 화학을 전공하던 학생이었소. 말리크출판사로부터 영문 자료를 독일어로 번역하는 일을 의뢰받아 방학 기간 동안 베를린에 머물렀었소. 마르타는 말리크출판사의 편집 책임자였소. 아무리 슈타지라 해도 삼십여 년 전의 일을 어떻게……"

지나간 삶의 소중한 부분이 침해당한 느낌이었다.

"선생님과 마르타 사이에 특별한 인물이 있었기 때문입니다."

"특별한 인물?"

"브레히트입니다. 베를린에서 그와 교유하셨더군요."

"교유라는 말은 적합하지 않소. 난 그를 관찰하는 이방인이었을 뿐이오."

"무슨 말씀이신지……"

"말리크출판사는 베를린의 작가들이 들락날락하는 장소였소. 브레히트는 그중의 한 사람이었소. 당시 내 꿈은 시인이 되는 것이었다오. 하지만 브레히트 시를 접하고는 그동안 내가 쓴 시들이 얼마나 보잘것없는지를 깨달았소. 그때부터 그를 관찰하기 시작했소. 시인의 꿈을 꺾어버린 존재를 말이오."

"그를 원망하셨습니까?"

"질투했소."

"그렇군요."

체의 입가에 미소가 살짝 보였다.

"브레히트는 마르타를 기억하고 있었습니다. 1928년 8월 베를린에서 초연된 〈서푼짜리 오페라〉의 제목은 그녀가 정한 것이라고 했습니다."

"브레히트가 그렇게 말했소?"

"슈타지의 파일에 그렇게 기록되어 있습니다."

공연을 몇 주 앞둔 어느 날 브레히트는 몇몇 사람들과 함께 출판사에 왔다. 영국의 극작가 존 게이의 〈거지 오페라〉를 바탕으로 일차 대본을 완성한 후 제목을 '뚜쟁이의 오페라'라고 붙였지만 더 나은 제목을 찾기 위해 모인 자리였다. 카네티의 기억으로는 사람들이 각자 내놓은 안에 대해 의견을 나누던 중 브레히트가 이 제목은 어떠냐면서 툭 던진 것이 '서푼짜리 오페라'였다. 소극적인 반응을 보이는 사람도 있었지만 대부분 좋다고 했다. 〈뚜쟁이의 오페라〉가 〈서푼짜리 오페라〉로 바뀌는 순간이었다. 제목이 결정되자 브레히트의 움푹 들어간 검은 눈이 반짝였다.

브레히트의 말이 맞는다면 '서푼짜리 오페라'라는 제목은 마르타가 브레히트에게 제안한 것이 된다. 그럴 가능성은 충분했다.

브레히트는 출판사 사장에게 마르타의 언어 감각이 탁월하다는 말을 여러 차례 했다. 마르타가 브레히트의 대본 작업에 참여한다는 말까지 들렸다.

"슈타지가 선생님이 티나의 친아버지임을 인정한 데에는 브레히트의 증언이 결정적인 역할을 했습니다. 슈타지에 따르면 브레히트가 마지막으로 마르타를 본 것은 나치를 피해 베를린을 떠나기 사흘 전이었습니다."

브레히트가 베를린을 떠난 것은 1933년 2월이었다.

"마르타가 티나를 낳은 사실을 브레히트는 알고 있었소?"

"베를린을 떠나기 전부터 알고 있었지만 아버지가 누군지는 몰랐다고 합니다. 마르타가 밝히지 않았다더군요."

"슈타지는 나와 브레히트의 관계를 어떻게 알았소?"

카네티는 1929년 9월 말 빈으로 돌아간 이후 브레히트를 만난 적이 없었다. 나치를 피해 베를린에서 탈출한 브레히트는 유럽의 여러 나라를 떠돌다 1941년 미국으로 망명했고 전쟁이 끝나고 삼 년 후인 1948년 10월 동베를린으로 돌아왔다. 그리고 1956년 8월 심장마비로 숨졌다.

"슈타지의 능력을 과소평가하시는군요. 소비에트의 KGB가 늙고 비대한 조직이라면 슈타지는 젊고 군살이 없는 조직입니다."

"브레히트가 티나를 만났소?"

"두 번 만난 걸로 알고 있습니다. 브레히트는 마르타가 1948년

이미 숨졌다는 말에 슬퍼하다가 마르타의 딸이 동베를린에 살고 있다는 사실에 무척 놀라면서도 반가워했다고 합니다."

"티나를 두 번이나 만난 특별한 이유가 있었소?"

카네티는 그 사실을 숨긴 티나에게 서운하고 화가 났다.

"브레히트가 특히 궁금해한 것은 티나의 외할아버지에 대해서였습니다. 선생님은 마르타의 부모에 관해 들으신 적이 있는지요?"

"아버지는 일찍 돌아가셔서 기억에 없다고 했고, 어머닌 열 살 때 돌아가셨다고 했소. 어머니에게 남다른 연민이 있는 것 같았으나 구체적으로 이야기한 적은 없소."

"단편적인 내용이라도 들으신 게 없습니까?"

"기억나지 않소."

"마르타가 태어난 곳이 어딘지는 아십니까?"

"베를린이오."

"마르타가 그렇게 말했습니까?"

"그렇소."

"베를린이 아닙니다."

카네티는 의아한 표정으로 체를 보았다.

"마르타가 태어난 곳은 하라르입니다. 지금은 에티오피아로 불리는 아비시니아의 유명한 커피 산지죠. 슈타지가 밝혀낸 사실입니다."

"이해가 되지 않소. 말리크출판사 사장도 베를린으로 알고 있었소."

"그녀가 출신지를 숨겼던 겁니다."

"그럴 만한 이유가 있소?"

"아무래도…… 출생의 상처와 연관이 있는 듯합니다."

"출생의 상처라면……"

"하라르는 사원이 구십여 개나 있는 이슬람의 성지였습니다. 그래서 오랜 세월 동안 이슬람교도가 아닌 사람은 도시로 들어갈 수 없었죠. 하지만 1875년 이집트가 하라르를 점령하면서 상황이 달라졌습니다. 실용적인 이집트인들이 하라르를 개방한 것입니다. 앞서 말씀드렸듯 하라르는 커피 생산지였기 때문에 백인 상인들의 관심을 받게 된 것이죠. 마르타가 태어난 1892년 전후에는 소수의 백인들이 하라르에 살았습니다. 그들 가운데 원주민 여자와 내연관계를 가진 이들이 있었습니다."

"그러면 마르타가……"

"마르타 어머니는 아비시니아 여인이었고, 아버지는 유럽에서 온 백인 남자였습니다."

카네티는 깊은 혼란을 느꼈다. 그가 왜 이런 이야기를 하는지 도무지 알 수 없었다.

"슈타지는 마르타 어머니의 행적은 어느 정도 밝혀냈습니다. 문제는 아버지 쪽이었습니다. 그를 둘러싼 짙은 안개는 좀처럼 걷히지 않았습니다. 마르타 아버지에 대한 조사에서 한 발자국도 나아가지 못하고 있을 때 브레히트와 선생님의 관계를 포착하게 되었고, 브레히트의 증언으로 선생님과 마르타의 관계가 밝혀지자 마르타 아버지의 정체를 캐낼 필요가 사라졌습니다. 슈타지의 목적은 선생님과 티나의 관계를 밝히는 것이었으니까요. 슈타지로서는 까다로운 일에서 해방된 것이죠. 하지만 예상치 못한 일이 일어났습니다. 브레히트가 마르타 아버지의 정체를 밝혀줄 것을 강력히 요구한 것입니다. 슈타지는 브레히트의 요구를 거절하기 어려웠습니다. 독일민주공화국에서 유일하게 세계 문화계가 인정하는 예술의 거물이었으니까요."

"브레히트가 왜 그렇게까지 마르타 아버지의 정체를 궁금해했는지 모르겠구려."

"마르타 아버지가 랭보일지도 모른다는 생각 때문이었습니다."

"랭보? 프랑스 시인 랭보를 말하는 거요?"

카네티는 자신의 귀를 의심했다.

"그렇습니다."

"브레히트가 왜 그런 생각을……"

머리가 빙글빙글 도는 것 같았다.

"브레이트의 생각은 마르타 아버지가 하라르에 거주한 백인 상인이었다는 슈타지의 보고서에서 촉발되었습니다."

"랭보가 하라르에서 상인 활동을 했다고 해서……"

충격 때문에 말이 나오지 않았다.

"랭보에게 관심이 깊으시군요."

"난 랭보를 경탄하는 수많은 사람 가운데 하나이오. 그의 희귀한 시의 세계는 물론 그리스비극을 떠올리게 하는 생애 역시 나에겐 모두 경탄의 대상이오."

프랑크푸르트에서 살던 시절의 하숙집 발코니가 떠올랐다. 열여섯 살의 늙은 소년이 별을 올려다보며 낙타를 타고 사막을 건너는 랭보를 생각한다. 랭보는 혼자이면서 혼자가 아니다. 낙타 캐러밴이 그를 따르고 있다. 랭보는 시인이면서 시인이 아니다. 그가 시를 버린 것은 스물한 살 때인 1875년이다. 랭보에게 총을 쏜 베를렌이 교도소에서 출감한 해다. 랭보는 시를 버린 후 유럽을 떠나 홍해의 도시를 떠돌다 아덴에서 프랑스인 사업가 알프레드 바르데를 만난다. 바르데는 아프리카 커피 상권 확보를 위해 설립한 하라르 지사의 직원으로 랭보를 고용한다. 랭보는 그리스인 동료와 함께 배를 타고 소말리아의 연안 도시 제일라로 향한다. 제일라는 아프리카 내륙으로 들어가는 캐러밴의 교두보다. 제일라에 도착한 랭보는 그 도시의 권력자를 방문한다. 그의 허락 없이 캐러밴을 조직할 수 없기 때문이다. 그에게서 허락을 받아낸 뒤 랭보는 낙타 몰이꾼들과 임금 교섭을 하고 낙타와 식량을 사들인다. 어떤 프랑스 상인으로부터 두 달 전 한 캐러밴이 하라르에서 멀지 않은 곳에서 습격당해 다섯 명이 살해당했다는 말을 듣는다.

하라르로 가는 길은 위험하지만 위험한 만큼 신비롭다. 마침내 출발한다. 소말리아 사막을 건너 하라르까지 이십여 일의 여정이다.

랭보에게 사막은 오래된 꿈이었다. 그 꿈속에서 사라진 아버지를 만난다. 랭보가 아랍어를 익힌 것은 아랍어에서 아버지의 냄새를 맡았기 때문이다. 아덴의 유럽인에게 자신을 소개할 때 랭보는 1854년 쥐라산맥의 돌에서 태어났다고 말한다. 돌은 아버지가 태어난 곳이다. 늙은 소년은 꿈속에서의 시선으로 사막에 들어가는 랭보를 본다. 낙타를 탄 시인이 때때로 늙은 소년으로 변한다. 늙은 소년의 살과 뼈가 시인의 살과 뼈로 변하고, 늙은 소년의 눈과 귀가 시인의 눈과 귀로 변하면서 늙은 소년의 얼굴이 시인의 얼굴로 완성된다.

시인의 낙타가 내륙으로 향하면서 왼쪽에서 빛나던 바다가 차츰 멀어지고, 메마른 식물 덤불이 돋아난 모래 평원이 나타난다. 첫 야영지는 제일라에서 십 킬로미터 정도 떨어진 우물가다. 약간의 버터를 곁들인 밥과 양고기를 먹고 휴식을 취한다. 소말리아 짐꾼들의 노랫소리가 들려온다. 고음과 불협화음, 저음으로 이루어진 야릇한 노래다. 밤이 깊어지자 자칼과 하이에나의 울음소리가 들린다. 랭보는 새벽에 일어나 텐트를 걷고 별을 따라 걷는다. 베란다에 서서 하늘을 향해 높이 쳐든 늙은 소년의 머리가 별들의 흐름을 좇아 움직인다.

"랭보가 하라르에 간 것은 1880년 12월입니다. 그로부터 십일

년 후인 1891년 4월 관절 통증으로 랭보는 하라르를 떠납니다. 유럽으로 건너가 마르세유의 병원에 입원한 것은 5월이고요. 그리고 11월에 숨을 거둡니다. 마르타는 그로부터 두 달 후인 1892년 1월에 태어났습니다. 이런 시간의 흐름을 고려할 때 랭보는 마르타의 아버지가 될 수 있습니다."

"랭보가 아비시니아 여자와 살았다는 구체적인 기록이 있소?"

"하라르에서 선교활동을 한 토랭 신부의 일기에 랭보가 하라르 시절에 아비시니아 여자와 동거했다고 적혀 있습니다. 그리고 무엇보다 가장 구체적인 기록은 프랑수아즈의 편지입니다. 프랑수아즈는 랭보를 고용했던 바르데의 가정부였습니다. 랭보의 행적을 조사하던 베리숑은 바르데로부터 프랑수아즈가 랭보의 여인에게 바느질을 가르쳤다는 이야기를 듣고 당시 마르세유에 살고 있던 프랑수아즈에게 편지를 보냈습니다."

"베리숑이 누구요?"

"랭보를 마지막까지 돌본 여동생 이자벨의 남편입니다."

체는 가방에서 서류 한 장을 꺼내 카네티에게 건넸다. 프랑수아즈에게서 받은 편지를 옮겨 적은 것이었다.

선생님께서 보내신 편지에 답장하게 되어 기쁩니다. 제가 거의 매주 일요일 저녁식사 후 랭보 씨 집에 간 것은 사실입니다. 랭보 씨가 저의 방문을 허락한 것이 저로서는 무척 놀라웠습니다. 그런 허락을 받은 유일한 사람이 아니었나 싶어요. 랭보 씨는 말이 적은 분이었지만, 그 여자에게는 다정히 대하는 것 같더군요. 선교학교 수녀들에게 얼마 동안 맡겨 교육시키고 싶다고도 하고, 그 여자와 결혼하고 싶다는 말도 했었어요.

그 여자는 퍽 온순했어요. 큰 키에 마른 몸매에다 피부가 희고 이목구비가 또렷한, 상당히 예쁜 얼굴이었습니다. 아비시니아인 같지 않고 제 눈에는 유럽 여자처럼 보였어요. 가톨릭 신자였는데 이름은 기억나지 않네요. 집을 그곳 사람들과 비슷하게 꾸미고 살았어요. 옷도 유럽 스타일로 입었고, 담배를 즐겨 피웠습니다. 더 많은 이야기를 해드리지 못해 안타깝군요. 십사 년 전의 일인데다 그들을 대할 때 무척 조심스러웠기 때문이지요.

"프랑수아즈가 랭보의 집을 드나든 시기는 랭보가 하라르를 떠나 아덴에 머물 때였습니다. 아비시니아 여자와 함께 아덴에 간 것인지 나중에 아덴으로 불렀는지는 알 수 없습니다."

랭보가 회사의 마지막 캐러밴을 이끌고 하라르를 떠난 것은 1884년 3월이었다. 하라르를 통치하던 이집트 세력이 약해지고, 아비시니아의 지역 권력자 메넬리크가 그의 군주인 요한네스 4세에게 공공연하게 반항하면서 정치적 불안이 커지자 바르데가 하라르 지사를 청산하기로 한 것이었다. 아덴에 간 랭보는 반년 동안 바르데와 함께 일하기로 계약했지만 미래가 불투명했다.

"랭보가 아비시니아 여자와 헤어진 것은 1885년 11월입니다."

1885년 9월 프랑스 상인 피에르 라바튀는 프랑스에서 쓰지 않는 낡은 피스톤식 총을 사들여 무기가 다급하게 필요한 메넬리크에게 다섯 배 가격으로 파는 사업을 하자고 랭보에게 제의했다. 랭보는 제의를 받아들여 이만 이천오백 프랑의 수당과 함께 모든 경비를 제공받는 조건으로 캐러밴을 이끌기로 했다. 이 여정 때문에 랭보는 아비시니아 여자와 헤어진 것이다.

"랭보는 우여곡절을 겪은 후 자산의 육십 퍼센트를 잃고 1888년 4월 하라르로 돌아갑니다. 그로부터 삼 년 후인 1891년 4월, 말씀드렸듯이 랭보는 관절 통증으로 하라르를 떠납니다. 마르타가 랭보의 딸이 맞는다면 하라르에서 다시 아비시니아 여자와 관계를 맺어야 하는데 그런 기록은 발견되지 않았습니다. 그럼에도 브레히트는 마르타의 아버지가 랭보일 가능성이 크다고 생각했습니다. 마르타와 관련한 슈타지의 자료에서 알프레드 일그라는 이름을 발견했기 때문입니다."

"알프레드 일그?"

"마르타가 열 살 때인 1902년 마르타의 어머니가 죽습니다. 죽음의 이유는 모릅니다. 마르타는 그로부터 이 년 후인 1904년 아덴의 수녀원 선교학교에 들어갑니다. 그리고 이듬해 10월 베를린 중산층 가정의 양녀로 입적됩니다. 어머니의 죽음 이후 마르타가 어떻게 살았는지, 어떤 과정을 거쳐 선교학교에 들어갔고 양녀로 입적되었는지는 밝혀내지 못했습니다. 다만 슈타지는 마르타의 선교학교 입학 서류에서 알프레드 일그라는 이름을 찾아냈습니다. 보호자란에 기록돼 있었죠. 랭보가 상인으로 살았던 십일년 동안 쓴 편지 가운데 사업과 관련한 편지는 육십 통이 조금 넘습니다. 편지 수신인은 대부분 아덴과 아비시니아에서 상인 활동을 하던 유럽인들입니다. 브레히트는 랭보가 알프레드 일그와 비교적 늦게 만났음에도 유독 편지를 자주 주고받은 것에 주목했습니다."

랭보가 일그를 만난 것은 무기 사업을 하면서였다. 라바튀의 제의로 무기 사업을 시작한 후 이어진 불운은 랭보를 지치게 했다. 무기를 실은 배가 예상보다 늦게 도착한데다, 프랑스 영사가 무기 이동을 허락하지 않아 캐러밴을 조직할 수 없었다. 겨우 무기 이동이 가능해졌을 즈음엔 라바튀가 암으로 사망했다. 랭보는 이런 불운을 딛고 1886년 10월 초 이백여 마리의 낙타로 구성된 캐러밴을 이끌고 무기 구매자 메넬리크가 있는 안코베르로 향했다. 뜨거운 화산 사막을 지나, 말라버린 도랑과 구불구불한 평원과 깊고 어두운 협곡과 가파른 골짜기를 거쳐 떠난 지 사 개월 후인 1887년 2월 안코베르에 도착했지만 그곳에 메넬리크는 없었다. 랭보는 그가 있다는 엔토토로 향했다. 사흘 후 도착했을 때 메넬리크는 반란 진압을 위해 또다시 다른 지역으로 떠난 후였다. 다행히 메넬리크의 외국인 자문관을 만났는데, 그가 알프레드 일그였다.

스위스 북동쪽 도시 프라우엔펠트에서 랭보보다 칠 개월 먼저 태어난 일그는 모국어인 독일어 외에도 프랑스어, 영어, 이탈리아어를 자유롭게 구사했다. 취리히의 이공계 학교 기계과를 졸업한 그가 아비시니아에 간 것은 랭보보다 일 년 빠른 1879년이었다.

"3월 초 메넬리크가 돌아오자 랭보는 무기 판매 협상에 들어갔습니다. 메넬리크는 교활한 협상가였습니다. 그는 랭보에게 소매 판매를 금지시킨 후 자신에게 매우 낮은 가격으로 무기를 일괄 판매할 것을 요구했고, 낙타 대여비 위약금도 물라고 했습니다. 게다가 라바튀의 채무를 동업자인 랭보가 갚아야 한다고 주장했죠. 그의 요구가 너무 지나쳐 받아들일 수 없었던 랭보는 일그에게 중재를 요청했습니다. 메넬리크의 성격을 잘 아는 일그는 랭보의 요구대로 라바튀의 채무액을 대폭 낮추어주었습니다."

1887년 12월 일그는 아덴에 머물던 랭보를 만난다. 고향인 스위스에서 휴가를 보내기 위해 아덴을 경유하는 길이었다. 이듬해 2월 랭보의 편지를 받고 '당신의 소름 끼칠 정도로 엄하고 무서운 표정 뒤에 숨어 있는 좋은 성격을 발견해서 기쁩니다. 많은 사람들이 그 성격 때문에 당신을 좋아할 것입니다'라는 내용의 답장을 보낸다. 그해 12월 휴가를 마치고 아비시니아로 돌아온 일그는 하라르에 있는 랭보 집에 한 달 넘게 머문다.

"랭보 연구자들은 두 사람이 한 달 넘게 생활하는 동안 친구가 되었다고 기록합니다. 그 근거는 그뒤 두 사람이 주고받은 편지입니다. 상인의 삶을 사는 랭보의 편지에서 감정을 찾기는 힘듭니다. 사업과 관련한 내용이기에 문장이 건조할 수밖에 없지요. 하지만 일그와 주고받은 편지에는 감정이 담겨 있습니다. 더욱이 일그도 아비시니아 여자와의 사이에서 낳은 아이를 키우고 있었습니다. 브레히트가 마르타의 보호자 이름이 일그라는 사실에 각별한 의미를 부여한 이유가 여기에 있습니다. 만약 랭보의 아이가 태어났다면 누구보다도 관심을 기울일 사람이 일그라는 것입니다. 그리고 브레히트는 자신이 기억하는 마르타의 얼굴에서 랭보의 흔적을 느낀다고도 말했습니다. 더 나아가 티나의 얼굴에서도 마르타의 얼굴과 함께 랭보의 얼굴을 느낀다고 했습니다. 어떻게 생각하십니까?"

체는 카네티를 물끄러미 보며 물었다.

"브레히트는 랭보에게 관심이 많았소. 그의 첫 희곡 『바알』의 주인공을 들여다보면 랭보가 느껴지오. 랭보에게 관심이 없었다면 그런 인물을 창조하지 않았을 것이오. 브레히트가 그렇게 말했다면……"

자루 같은 회색 옷을 입은, 움푹 들어간 검은 눈에 여위고 굶주린 듯한 브레히트의 얼굴이 떠올랐다.

"그렇게 느꼈기 때문일 것이오."

하얀 천이 깔린 식탁이 어른거렸다. 식탁 위에는 해골과 검은 빵, 〈트리스탄과 이졸데〉 악보가 펼쳐져 있다. 딱딱한 의자에 앉아 레드와인과 함께 검은 빵을 씹으며 악보를 살피는 브레히트가 어렴풋이 보였다.

"브레히트가 이 자리에 있었다면 무척 즐거워했을 거요. 그도 레드와인을 좋아했소."

"그분이 여기 있었다면 선생님께 질문했을 겁니다."

"마르타에게서 랭보의 흔적을 느끼지 못했느냐고 말이오?"

"그렇습니다."

"말리크출판사에서 일할 때 무슨 일인가로 파리에 간 적이 있었소. 마침 그해에 출판된 '견자 랭보'라는 제목의 랭보 연구서가 프랑스 문학계의 주목을 받고 있었소. 내용을 살펴보니 말리크출판사에서 번역해 출판하면 좋겠다는 생각이 들어 그 책을 베를린으로 갖고 왔소. 『견자 랭보』를 놓고 출판사 사람들과 토론하는 과정에서 랭보에 대한 마르타의 지식과 관심의 정도를 자연스레 알게 되었소. 랭보에게 심취한 시절이 있었던 것은 분명하나 그 이상의 무엇을 감지하지는 못했소. 아무튼 마르타에게서 랭보의 흔적을 느꼈다는 브레히트의 말을 존중하오. 그 말을 들으니 벼락이라도 맞은 기분이오. 벼락 맞은 사람이 생각을 제대로 할 수 있겠소? 시간을 두고 찬찬히 생각해보겠소. 이제는 당신이 왜 나를 만나러 여기까지 왔는지, 밝힐 때가 되지 않았소?"

카네티의 말에 체는 눈을 살며시 감았다 떴다.

"제가 티나에게 관심을 가진 이유는 라틴아메리카 혁명 사업에 뛰어난 여성 혁명가가 필요하기 때문입니다. 이번 베를린 방문에서 티나를 혁명 요원으로 발탁하는 일을 매듭지으려 했습니다. 저는 슈타지 책임자에게 티나를 독일민주공화국 정보부에서 쿠바 정보부로 옮겨줄 것을 요청했고 그는 제 요청을 기꺼이 받아들였습니다. 독일민주공화국은 쿠바의 혁명정부와 맺은 우정이 발전되기를 원하고 있으니까요. 그가 브레히트를 언급한 것은 슈타지가 정리한 마르타 출생 정보 파일을 저에게 건네면서였습니다. 브레히트와 관련된 기록에 미묘한 내용이 있다는 것이었습니다. 그가 왜 그런 말을 했는지 파일을 보고 나니 알겠더군요. 그 파일에 따르면 티나가 랭보의 유일한 핏줄일 수도 있습니다."

체의 눈이 어슴푸레 빛났다.

"저는 열여섯 살 때 한 유랑 시인이 낭송하는 랭보의 시 「92년과 93년의 전사자들이여……」를 들었습니다. 당시 어머닌 떠돌이 예술가들을 집으로 데려오시곤 했습니다. 그들이 얼마나 굶주렸는가에 따라 머무는 기간이 달랐습니다. 한 달 가까이 머무는 이도 있었습니다. 그들 가운데 한 유랑 시인이 랭보의 그 시를 프랑스어로 우아하고 아름답게 낭송했습니다."

체의 입가에 미소가 어렸다.

"'92년과 93년의 전사자들이여, 자유의 강렬한 입맞춤에 창백해져, 인류의 영혼과 이마를 짓누르는 멍에를, 그대들의 나막신으로, 말없이 짓밟아 부수던'이라는 첫 연을 읊고는 눈을 감더군요.

이어 '고통 속에서 황홀했던 위대한 사람들, 누더기 속에서 사랑으로 심장이 고동쳤던 당신들'을 낭송하고는 눈을 살며시 떴습니다. 유랑 시인이 눈을 감았다 뜬 사이에 저는 누구의 시인지도, 시가 호명하는 전사자들의 정체도 모른 채 시가 품은 서정에 사로잡혔습니다."

체는 먼 곳을 바라보는 듯한 표정으로 말했다.

"낭송이 끝나고 유랑 시인이 말했습니다. 이 시는 랭보의 시이며, 시에서 호명하는 전사자들은 프랑스대혁명기인 1792년 로렌 지방으로 쳐들어온 프로이센 군대로부터 공화국을 지키기 위해 목숨을 바친 사람들이라고요. 그 말에 저는 놀라지 않을 수 없었습니다. 그날 이후 저는 학교 도서관에서 랭보와 관련된 책이라면 그게 뭐든 다 읽었습니다. 랭보는 열여섯 살에 이미 공상적 사회주의자가 되었더군요."

랭보는 세상을 무너뜨리기 위해 도끼와 곡괭이와 도리깨를 기꺼이 들 것이며, 모든 골짜기가 메워지고, 모든 언덕이 낮아지며, 울퉁불퉁한 길은 고르게 되고, 구불구불한 길은 바르게 되며, 개인 재산이 없어지고, 개인의 자만도 사라지며, 사람들은 자신이 더 힘있고 더 부자라고 말하지 않을 것이며, 그리하여 세상은 평온한 조화와 평등, 모든 이를 위한 모든 이의 노동으로 가득찰 것이라고 했다.

"1871년 3월 파리에서 봉기한 민중이 코뮌을 선포했다는 소식에 랭보가 열광한 것은 지극히 자연스러웠습니다. 얼마나 열광했으면 사회주의 헌법 초안까지 작성했을까요. 열일곱 살의 시인이 해방의 세계, 축제의 세계를 기쁨의 언어로 설계하는 모습을 저는 상상하고 또 상상했습니다. 그 상상은 제 꿈의 정원에 피어난 새로운 꽃이었습니다. 저를 닮은 마을에 피어 있을 꽃이기도 하지요. 조금 전 말씀드린 대로 티나는 랭보의 유일한 핏줄일 수도 있습니다. 그렇다면 티나는 인류의 시선으로 보면 성좌적 존재입니다. 저는 그렇게 생각합니다. 그런 성좌적 존재를 죽음의 위험이 상존하는 세계로 데려가는 것이 온당한 행위인지, 저로서는 자문하지 않을 수 없었습니다."

"티나는 슈타지의 정보 파일을 알고 있소?"

"제가 알려주었습니다."

"왜 알려주었소?"

"티나가 자신의 소명에 대해 다시 생각해주기를 바랐기 때문입니다. 하지만 티나는 저의 생각에 동의하지 않았습니다."

"당신이 나에게 바라는 게 무엇이오?"

"아무것도 없습니다. 제가 선생님을 찾아온 이유는 티나의 출생과 관련된 사실을 알려드리기 위해서였습니다. 저는 선생님과 티나가 선택한 결정을 따를 것입니다."

카네티는 할말을 잊은 채 체를 멍하니 보았다. 유령처럼 나타난 저 남자가 체 게바라라는 사실만으로도 충분히 놀랐는데, 문학과 인간에 대한 그의 깊은 시선은 카네티를 한층 더 놀라게 했다.

"당신의 깊고 따듯한 사려에 진심으로 감사드리오."

"그렇게 말씀해주시니 기쁩니다."

체는 미소 지으며 와인 잔을 들었다.

2

1965년 3월 11일 오후, 낯선 쿠바 남자가 체의 메시지를 갖고 카네티의 집을 방문했다. 3월 13일 오후 네시 아일랜드 섀넌공항에서 만나고 싶다는 내용이었다. 카네티는 쿠바 남자에게 약속 장소로 가겠다고 말했다. 런던에서 섀넌은 먼 곳이 아니었다. 먼 곳이더라도 간다고 했을 것이다.

체가 탄 비행기가 섀넌공항에 도착한 것은 오후 네시가 조금 넘어서였다. 쿠바 정부의 공식 대변인 신분으로 대표단을 이끌고 미국을 비롯 아프리카와 아시아, 유럽 대륙을 떠돈 지 삼 개월 만에 귀국하면서 비행기 연료 보충과 점검을 위해 섀넌공항에 착륙한 것이었다. 체의 일행 중에 티나가 있었다. 체의 대표단과 프라하에서 합류했다고 티나가 말했다. 쿠바 정보부 해외 활동의 중요 거점 가운데 하나가 프라하였다. 티나와 헤어진 지 삼 년 십 개월 만이었다.

티나가 쿠바로 가 체의 혁명 전선에 뛰어든 것은 1961년 5월이었다. 카네티는 그가 내세울 수 있는 것이라면 모두 끌어들여, 심지어 티나가 성좌적 존재라는 체의 말까지 들려주며 쿠바행을 말렸으나 티나의 마음을 돌릴 수는 없었다. 티나는 아버지가 부재한 삶의 결핍을 메워준 것이 공산주의 사상이었다고 했다. 딸이 존재한다는 사실조차 몰랐던 아버지를 받아들이기까지 얼마나 힘들었는데, 실체가 불명확한 외할아버지의 죄까지 짊어지게 하느냐고 차갑게 말했다. 카네티는 죄라는 말에 흠칫 놀랐다.

해 질 무렵 카네티는 체와 함께 숙소를 빠져나와 차를 타고 새넌 강변으로 향했다. 차에서 내리자 경호원들이 뒤에서 느릿느릿 따라왔다. 두 사람은 얼마쯤 걷다가 레스토랑에 들어가 강이 보이는 창가에 앉았다.

"아일랜드 맥주를 좋아하십니까?"

체가 물었다.

"좋아하오."

"반갑군요. 제 아버지가 아일랜드와 바스크의 혈통을 이어받았다는 사실을 알려드리고 싶네요."

"고집불통의 혈통만 이어받았구려."

카네티의 말에 체는 빙긋 웃었다.

"제가 태어났을 때 천식이라는 괴물이 제 몸에 찰싹 붙어 있었습니다. 두 살 때 처음 발작이 일어났죠. 숨을 제대로 쉬지 못하는 고통을 표현하기란 쉽지 않습니다. 고통이 어느 선을 넘으면 세상이 깊은 우물로 변하면서 죽음이 느껴집니다. 그 심연에서 허우적거리다가 언젠가부터 저도 모르게 여기를 헤쳐나가야 해, 헤쳐나갈 수 있어, 언젠가는 죽겠지, 하지만 익사는 안 돼, 싸우다 죽어야 해, 라고 마음속으로 외치기 시작했습니다."

카네티가 천식으로 발작하는 체의 모습을 본 것은 우연이었다. 호텔 일층 바에서 티나와 이야기를 나누다 약속 시간에 맞춰 체의 숙소인 삼층으로 올라갔다. 삼층 입구를 지키고 있던 경호원이 카네티를 보자 복도 마지막 방으로 가면 된다고 공손히 말했다. 카네티는 그에게 가볍게 묵례하며 복도 안으로 들어갔다. 체의 방 앞에서 문을 노크했으나 반응이 없었다. 안에서 무슨 소리가 나는 것 같아 귀를 기울였다. 신음소리 같았다. 불안해진 카네티가 문고리를 잡고 밀었더니 스르르 문이 열렸다. 체는 두 손을 바닥에 붙이고 엎드린 채 헐떡이고 있었다. 그를 도와야 할지, 그가 눈치채지 못하도록 방에서 조용히 나가야 할지 판단하기 힘들었다.

"그 외침 속에서 저는 익사하지 않으려고 무언가를 움켜잡았습니다. 환영이었습니다. 먼 곳에서 저에게 어서 오렴, 하고 손짓하는 아늑한 마을의 환영 말입니다."

체는 카네티가 그를 보고 있다는 사실을 모르는 듯 바닥에서 일어나려고 안간힘을 썼다. 하지만 그의 몸은 무거운 것에 짓눌린 것처럼 꿈쩍도 하지 않았다. 카네티는 그런 체를 가만히 지켜보았다. 몸은 움직이지 않지만 몸안에서는 움직임이 들끓고 있는 듯했다. 몸을 일으키려는 간절한 마음이 그 안에서 들끓는 것처럼 느껴졌다. 이윽고 바닥에서 상체를 겨우 들어올린 체는 무릎을 꿇은 자세로 헐떡였다. 안색이 창백했고, 입술이 파랬다.

"당신의 기나긴 여행은 외침에서 시작되었구려."

"그렇지요."

체는 혼잣말하듯 나직이 말했다.

"저는 스물두 살이 되던 1950년 1월에 자전거로 아르헨티나 북부를 여행했습니다. 여행을 하는 동안 마음속에서 무언가가 뾰족이 튀어나오는 것을 느꼈습니다. 사람을 소외시키는 문명의 폭력과, 평화의 대립물인 거대한 소음의 리듬에 맞춰 미치광이처럼 움직이는 자본에 대한 혐오였습니다. 다음해 12월에는 남아메리카 전역을 여행할 목적으로 집을 떠났습니다. 그 여행에서 저는 자본의 착취에 부들부들 떨며 살아가는 희생자들을 곳곳에서 목격했습니다. 이듬해 6월 집으로 돌아온 저는 변해 있었습니다. 그전의 제가 아니었습니다."

그리고 체는 의학박사 학위를 취득한 지 한 달 후인 1953년 7월에 다시 여행을 떠났다고 했다.

"저의 마지막 여행이자 영원한 여행의 시작이었지요. 어머닌 그 사실을 예감하셨는지 기차가 움직이자 제가 앉아 있는 자리의 창 앞으로 달려오셨습니다. 창 너머로 울고 있는 어머니가 보였습니다."

체의 인격 형성에 어머니가 커다란 역할을 했다는 걸 카네티는 알고 있었다. 그녀는 백인과 유색인, 부자와 빈자를 구별하지 않았다. 그녀의 집이 보헤미안과 가난한 예술가들의 보금자리가 된 것은 그녀의 그런 평등주의적 심성 때문이었다.

"당시 저는 라틴아메리카가 절실히 필요로 하는 사회 혁신이나 정치개혁에는 관심이 없고 경제적 군사적 이익만을 추구하는 미국에 절망하고 있었습니다. 그런 미국의 맨얼굴을 본 것은 과테말라에서였습니다."

볼리비아를 시작으로 남미 여러 나라를 떠돌던 체가 과테말라로 간 것은 1953년 12월이었다. 미국이 아르벤스 대통령의 사회주의 정부를 무너뜨리기 위해 쿠데타를 꾸미고 있다는 소문이 퍼지면서 이를 우려한 좌파 지식인들과 망명자들이 과테말라로 모여들 때였다.

"이듬해 6월 CIA 지원을 받는 용병 부대 폭격기가 과테말라시티에 폭탄을 투하한 지 이틀 후 전직 육군 대령 아르마스가 온두라스군 기지에서 쿠데타 병력을 이끌고 과테말라로 향했습니다. 저는 적십자위원회 위생병으로 등록한 후 전선에 가리라는 희망을 품고 공산당 청년여단 민병대에 가입했습니다. 급박한 상황임에도 아무것도 결정하고 못하고 토론만 벌이는 그들에게 이 정부를 지키는 유일한 방법은 지금 즉시 무장하는 것이라고 말했습니다. 대부분의 사람들은 미친 생각으로 여기더군요. 전 지금도 아르벤스가 시민들에게 무기를 들라고 호소했다면 파시스트 군부 집단을 물리쳤을 것이라고 확신합니다."

과테말라 사회주의 정부는 열흘 만에 붕괴되었고, CIA는 그들의 꼭두각시인 아르마스를 대통령 자리에 앉혔다. 그 과정에서 과테말라 시민 구천여 명이 죽거나 투옥되었다.

"저는 아르헨티나 대사관으로 피신했습니다. 거기에서 저처럼 피신해 온 좌파 지식인들과 망명자들을 만났습니다. 대사관은 피신한 이들에게 귀국을 권유했지만 저는 거절했습니다. 저를 닮은 마을을 찾아야 했기 때문입니다. 그래서 저는 세계 망명자들이 모여드는 멕시코시티로 향했습니다. 거기에서 쿠바 혁명가들을 만났고, 죽음의 바다를 건너 쿠바에 발을 디뎠습니다."

체의 눈이 반쯤 감겼다.

"쿠바는 습한 아열대기후의 땅입니다. 천식 환자가 가서는 안 되는 곳이지요. 하지만 운명의 별이 저를 그 땅으로 이끌었습니다. 허기와 갈증 속에서 발이 납처럼 무거워 도저히 나아갈 수 없을 것 같았지만 진창과 정글을 뚫으며 나아가고 또 나아가 마침내 시에라 마에스트라 산맥에 올랐습니다. 그리고 그곳에서 저는 새벽을 보았습니다. 존재의 새벽이자, 역사의 새벽이었지요. 저는 알 수 있었습니다. 저를 닮은 땅이 먼 곳에 있지 않음을."

체의 눈동자가 몽롱했다.

"제가 처음으로 사람을 죽인 것은 1957년 1월 22일 정오 무렵이었습니다. 제가 쏜 총탄이 상대방의 오른쪽 옆구리를 뚫고 지나갔습니다. 저는 무릎을 꿇고 시신이 된 그를 들여다보았습니다. 그는 바로 저였습니다. 저는 알고 있었습니다. 제가 죽지 않으면 안 된다는 사실을. 저를 죽이는 이는 반드시 저여야 했습니다. 제가 저를 죽이지 않으면 저를 닮은 마을을 찾을 수 없음을, 자본주의에 착취당해 부들부들 떨며 살아가는 희생자들 속으로, 그 역사의 심장 속으로 들어갈 수 없음을 알고 있었기 때문입니다. 그것이 저에게 살인이 필요한 유일한 이유였습니다. 저는 무릎을 꿇고 희생자에게 슬픔의 등불을 봉헌했습니다."

어스레한 창밖에서 강물 소리가 희미하게 들려왔다.

"제가 선택한 신념과 신념이 열망하는 혁명의 올바름을 확신할 수 있었던 것은, 그리하여 혁명을 미래로 향하는 바른 경로이자 역사의 궁극적 체현으로 받아들임으로써 혁명을 훼손하는 자들을 심문관의 눈으로 바라볼 수 있었던 것은, 슬픔의 등불이 제 내부에서 빛나고 있었기 때문입니다."

체는 두 손을 모으며 말했다.

"쿠바혁명이 이루어진 것은 게릴라와 농민이 하나로 합쳐졌기 때문입니다. 게릴라가 어떻게 농민의 일부가 되었고, 농민이 어떻게 게릴라의 일부가 되었는지, 명료하게 설명하기는 어렵습니다. 한 소년이 있었습니다. 농민의 아들인 그 소년의 내면은 흰 종이처럼 깨끗했습니다. 저는 글을 몰랐던 그에게 읽고 쓰는 법을 가르쳤습니다. 그가 읽고 쓸 줄 알게 되면서 그의 내면은 나날이 새롭게 변해갔습니다. 저는 소년에게서 언어가 진실에 이르는 길이 될 수 있다는 희망을 발견했습니다."

노인처럼 쭈글쭈글해져가는 인류의 정신을 청년으로 변화시키는 희망이라고 체는 속삭이듯 말했다.

"저는 희망의 구체적인 모습을 소비에트에서 볼 수 있으리라 기대했습니다. 책에서 읽은 내용들이 사회주의 모국에서는 일부라도 현실화되었으리라 믿었기 때문입니다. 하지만 그 믿음은 소련을 방문하면서 무참히 깨졌습니다. 사회주의 모국이 부패의 늪에 빠진 관료들과 권력에 취한 늙은 정치가들의 놀이터로 변해버렸음을 저는 세 차례의 소련 방문과 크렘린 권력 집단과의 만남을 통해 확인했습니다. 저의 눈에 크렘린은 돼지우리와 마찬가지였습니다. 새로운 인간은 눈을 씻고 찾아도 보이지 않았습니다."

'새로운 인간'은 쿠바혁명 이후 체가 주창한 이상적 인간으로, 올바른 사회주의를 이룩하기 위해 반드시 필요한 존재였다. '새로운 인간'이 되기 위해서는 우선 자아가 죽어야 했다. 체가 자아의 죽음을 구체적으로 경험한 것은 게릴라 전쟁에서였다. 게릴라들은 혁명을 위해 자신의 생명을 기꺼이 바쳤다. 그런 그들이 체에게는 인류가 지향해야 할 이상적 인간의 모습으로 비쳤고, 그것이 '새로운 인간'으로 발전한 것이었다.

"새로운 인간이 공동선을 위해 기꺼이 자신을 바치는 가장 큰 이유는 도덕적 기쁨 때문입니다. 그런 도덕적 기쁨을 소비에트와 나눌 수 없다는 것을 저는 미사일 사건을 겪으면서 확실히 깨달았습니다."

"흐루쇼프가 케네디와 타협하지 않았다면 핵전쟁이 일어날 수도 있지 않았소?"

"타협 자체를 문제삼는 것은 아닙니다. 제가 문제삼는 것은 타협의 방식입니다. 소련은 쿠바와 협의하지 않고 미국과 협정을 맺었습니다. 쿠바와의 협의는 원칙의 문제입니다. 소비에트는 사회주의 형제국으로서의 원칙, 주권국가 사이에서 갖추어야 할 관계의 원칙 모두를 깨뜨렸습니다. 냉전의 가장 위험한 참호가 되어버린 쿠바가 협상에 참여했다면 제국주의에 반대하는 세계 인민들에게 유익한 협정을 이끌어낼 수 있었을 것입니다. 소비에트의 독단적 타협은 결과적으로 사회주의국가의 통합에 커다란 장애가 되었을 뿐 아니라 전 세계의 혁명 세력, 특히 라틴아메리카 혁명 세력의 약화와 위축을 초래했습니다."

체의 노력으로 쿠바는 1962년 이후 혁명의 중심지가 되어 무장혁명 근거지에 인적 물적 자원을 제공하고 있었다. 쿠바혁명에 참여하기 위해 아바나를 찾는 라틴아메리카와 유럽 청년들의 발길이 멈추지 않았다. 체의 궁극적 꿈은 라틴아메리카를 넘어 아시아와 아프리카를 잇는 대륙 혁명을 완수하는 것이었다. 미사일 사건 이후 미국과의 충돌을 피하려는 소련의 입장에서는 미국의 텃밭인 라틴아메리카뿐만 아니라 아시아와 아프리카에까지 혁명의 바람을 불어넣으려는 체의 존재가 눈엣가시일 수밖에 없었다.

"제국주의와의 투쟁에는 국경이 없습니다. 어느 나라든 제국주의와 맞서 승리한다면 그것은 우리의 승리입니다. 어느 나라든 패배한다면 그것 또한 우리의 패배입니다. 프롤레타리아국제주의를 실천하는 것은 더 나은 미래를 희망하는 사람들의 의무입니다. 그런데 소비에트는 평화공존 정책이란 명분을 내세워 프롤레타리아 국제주의를 외면했습니다."

지난 2월 25일 알제리에서 열린 '제2회 아프리카-아시아 연대 경제 세미나'에서 체가 한 연설이 떠올랐다. 그는 "인간의 의식에 변화가 일어나야만 사회주의가 존재할 수 있으며, 의식이 변하면 인류를 형제처럼 대하는 태도를 갖는다"고 하면서 "사회주의 선진국들이 개발도상국들과의 관계에서 자본주의 형태의 폭리를 취하고 있는데, 그러한 서구와의 암묵적인 공모를 청산할 윤리적 의무가 사회주의 선진국들에 있다"는 말로 소련을 신랄하게 비판했다.

"난 당신이 지난달 알제리에서 한 연설을 듣고 깜짝 놀랐소. 내가 알기론 사회주의국가의 정치인이 공식 자리에서 그렇게 직접적으로 소련을 비판한 것은 당신이 처음이오."

"전 정치인이기에 앞서 혁명가입니다."

"혁명가도 때로는 정치인이 될 필요가 있소."

"그 역할은 피델이 잘할 것입니다."

"무슨 뜻이오?"

"쿠바는 냉전의 미궁 속에 들어가 있기에 소비에트와의 관계가 중요할 수밖에 없습니다. 피델은 쿠바의 통수권자로서 소비에트의 평화공존 정책과 보조를 맞추어야 합니다. 정치적 언어의 사용이 불가피하지요. 물론 저도 필요하면 정치적 언어를 사용했습니다. 하지만 그런 말들을 뱉어놓고 소스라치게 놀라곤 했습니다. 영혼이 훼손당하는 듯한 느낌 때문이었습니다. 평화라는 말 속에 평화를 학살하는 현실이 일렁이고, 공존이라는 말 속에 불화와 분노가 일렁인다면, 평화와 공존이라는 말을 쓰는 건 언어의 영혼을 찢는 행위가 됩니다. 쿠바혁명 이후 지난 육 년 동안 저는 정치와 혁명 사이에서 영혼이 찢긴 상태로 살았습니다."

체의 목소리가 슬프게 들렸다.

"당신의 말에 공감하오. 하지만 정치와 혁명을 분리할 수 없는 것 또한 현실이오. 당신이 대륙 혁명을 가슴에 품을 수 있는 것은 쿠바의 이인자라는 당신의 정치적 위치 때문이 아니겠소."

"쿠바혁명 이후 지난 육 년을 돌아보면 영원한 꿈과 한없는 피로가 끊임없이 교차하는 세월이었습니다. 선생님 앞에서 이런 말을 하는 게 송구스럽지만, 저는 꿈과 피로 속에서 무참히 늙어가고 있습니다. 늙은 정신에 필요한 것이 새벽입니다. 어떤 시인이 그랬지요. 세계 속에 잠들어 있는 것들을 잃지 말아야 한다고. 저는 다시 새벽의 씨앗을 찾아 나서야 합니다. 영원히 잃어버리기 전에 말입니다."

"새벽의 씨앗을 찾아 나선다는 게 구체적으로 어떤 행위를 뜻하오?"

"쉽게 대답할 수 없는 질문을 하시는군요."

목소리가 나지막했다.

"오늘 저는 뜻밖의 경험을 했습니다."

체는 말머리를 돌렸다.

"천식 환자는 자신이 발작하는 모습을 다른 사람은 보지 않기를 바랍니다. 제가 발작하는 걸 선생님이 보셨다는 사실을 알았을 때 무척 당황했습니다. 그런데 뜻밖에도 당황한 마음이 의외로 빨리 가라앉더군요. 제가 생각보다 훨씬 더 선생님을 편안하게 생각하는 것 같습니다."

"갑자기 마주친 상황이라 나 역시 당황했소. 당신을 도와야 하는 건지 몰래 나가야 하는 건지 판단할 수 없었는데, 당신의 말을 들으니 마음이 놓이오."

"발작이 심해져 죽음의 공포까지 느끼게 되면 저를 구원해줄 누군가를 갈구하게 됩니다. 어린 시절부터 저의 구원자는 어머니였습니다. 제가 발작의 고통을 겪을 때 애틋하고 걱정스러운 시선으로 저를 내려다보며 이마에 맺힌 땀을 닦아주고, 바싹 말라버린 입술을 적셔주고, 달콤한 목소리로 시를 낭송해주는 어머니는 저에게 천사의 등불이었습니다. 제가 영원히 집을 떠나면서 어머니와 작별하게 되었지만, 천식으로 인해 발작할 때면 늘 제 몸을 향하는 어머니의 시선을 느꼈습니다. 그것은 환각이면서 현실이었습니다. 어머니의 얼굴은 물론 저를 쓰다듬는 손길까지 느껴졌으니까요. 그런데 언젠가부터 어머니의 얼굴이 변하기 시작하더군요."

체의 눈가에 가느다란 주름이 잡혔다.

"어머니가 변해가던 모습을 어떻게 표현해야 할지 모르겠습니다. 다만 말씀드릴 수 있는 건, 제가 처음으로 결혼하고 싶었던 녹색 눈의 여자인 치치나의 얼굴이 어머니의 얼굴에 섞여 있었다는 것입니다. 치치나의 집안에서 결혼을 반대하는 바람에 결국 우리의 사랑을 끝내야 했지만요. 한편으로 어머니의 얼굴에는 제 아내인 알레이다의 얼굴이 섞여 있기도 하고, 첫딸인 일디타의 얼굴이 섞여 있기도 했습니다."

체는 과테말라에서 만난 페루의 여성 혁명가 일다 가데아와 1955년 8월 멕시코시티에서 결혼하고, 이듬해 2월 체가 "가장 진심어린 사랑의 꽃잎"이라고 표현한 딸 일디타가 태어난다. 하지만 체가 쿠바혁명에 참여하면서 그해 11월 그들은 헤어진다. 그들이 재회한 것은 쿠바혁명 성공 직후인 1959년 1월이었다. 일다가 딸과 함께 체를 찾아 아바나에 온 것이었다. 그런 일다에게 체는 게릴라 전쟁터에서 만난 전사 알레이다를 사랑한다고 고백했고, 1959년 6월 알레이다와 결혼한다.

"다른 이의 얼굴이 섞인 어머니가 어떻게 느껴졌소?"

"제가 몰랐던 어머니의 모습을 보는 듯했습니다."

"어머니가 다른 존재처럼 느껴지지는 않았소?"

"다른 모습임에도 어머니의 정체성은 사라지지 않았습니다. 허구의 인물이 섞여들 때도 그랬습니다."

"허구의 인물이라면……"

"다빈치 그림 속 여인의 얼굴들이 어머니의 얼굴 속으로 흘러들어가곤 했습니다."

다빈치라는 말에 카네티의 가슴이 두근거렸다.

"왜 다빈치의 그림인지 궁금하오."

"어머니가 다빈치 그림을 좋아하셨습니다."

"어머니의 얼굴 속으로 흘러들어간 건 다빈치의 어떤 그림 속 여인들이오?"

"〈성 안나와 성모자〉 속 여인들입니다."

"천사의 등불에 상응하는 거룩한 여인들이구려."

카네티는 입가에 미소를 머금고 말했다.

"다빈치가 그린 〈담비를 안고 있는 여인〉을 아시오?"

"화집에서 본 적이 있습니다."

"당신한테 마르타와 티나 이야기를 하고 싶은데 괜찮겠소?"

"듣고 싶습니다."

"당신 어머니의 얼굴이 변한다는 이야기에 많이 놀랐소. 나도 비슷한 경험을 했기 때문이오."

누군가가 창문을 열었다. 흘러들어온 바람에서 물비린내가 났다.

"마르타를 기억한다는 것은 여느 기억과 다르오. 일상적 자아의 영역이 아니기 때문이오. 그녀에 대한 기억은 심층적 자아의 영역에 잠겨 있소. 기억의 감광판이 어스름한 꿈의 시간에 잠겨 있는 거요. 그래서인지 당시 내가 베를린에 존재했던 게 맞는지, 마르타가 정말 실재의 인물인지 간혹 의심에 빠져들곤 한다오. 그러니 티나가 나타났을 때 내가 얼마나 놀랐겠소."

딸이 존재한다는 사실 앞에서 카네티는 현기증이 일었다. 몽환에 빠져 있는 듯한 느낌이 드는가 하면, 삶 자체가 몽환인 듯한 느낌도 들었다. 그 몽환 속에서 가장 구체적인 존재가 딸이었다. 티나가 불러일으킨 다른 놀라움도 있었다. 어머니의 죽음과 함께 사라졌던 극의 세계가 되살아난 것이었다. 어머니가 자신을 통해 아버지를 보았듯이 그는 티나를 통해 마르타를 보았다. 티나의 극은 어머니의 극과 달랐다. 어머니의 극에서 그는 어머니가 욕망하는 사랑의 대상이었지만 티나의 극에서는 사랑의 주체였다. 그가 티나의 극에 깊이 빠져든 것은 그것이 한 번도 경험한 적이 없는 새로운 사랑이었기 때문이다. 누구든 살면서 여러 사랑을 하게 되지만 딸을 향한 아버지의 사랑만큼 진실한 사랑은 없을 것이라고 그는 생각했다.

"티나가 쿠바로 떠난 후 언젠가부터 티나의 얼굴이 변하기 시작했소. 처음에는 이유를 몰랐지만 시간이 지나면서 깨닫게 되었소.

마르타의 얼굴이 티나의 얼굴 속으로 스며들고 있었던 것이오. 그러면서 티나라고 할 수도 아니라고 할 수도 없는, 마르타라고 할 수도 아니라고 할 수도 없는 얼굴로 변해갔소. 그것은 새로운 얼굴이었소. 그 새로운 얼굴이 누군가와 닮았다는 느낌이 어렴풋이 들었지만 누군지는 생각나지 않았소."

어느 날 밤 카네티가 창가에서 달빛에 싸인 뜰을 바라보고 있는데 한 여자의 얼굴이 떠올랐다. 달빛처럼 환한 얼굴이었다. 너무 환해 윤곽만 어렴풋이 보일 뿐 이목구비는 빛에 묻혀 있었다. 카네티는 가만히 있었다. 조금만 움직여도 얼굴이 사라질 것 같았다. 조금 후 이목구비가 조금씩 드러나기 시작했다. 여자는 고개를 약간 돌린 채 물기 어린 눈으로 무언가를 보고 있었다.

"다음날 도서관에 가서 다빈치가 그린 〈담비를 안고 있는 여인〉을 보았소."

그리고 카네티는 집에 돌아와 떠날 준비를 한 뒤, 폴란드 크라쿠프의 차르토리스키미술관으로 향했다. 그 미술관에 걸린 〈담비를 안고 있는 여인〉 앞에 오랫동안 서 있었다.

"그런데 말이오."

카네티는 목소리를 죽이며 말했다.

"〈담비를 안고 있는 여인〉을 보다가 어떤 얼굴이 자연스럽게 떠올랐소. 누구인지 알겠소?"

"글쎄요……"

"랭보요. 랭보의 소년 시절 사진을 보면 담비를 안고 있는 여인과 닮았다는 걸 알 수 있다오."

"저도 확인해보겠습니다. 선생님은……"

체는 잠시 머뭇거렸다.

"티나가 랭보의 핏줄이라고 확신하고 계시는군요."

"내 마음은 그렇게 받아들이고 있소."

"선생님의 확신을 티나에게 알리셨나요?"

"알렸소."

"어떤 반응을 보이던가요?"

"슬픈 얼굴로 나를 보았소."

"선생님의 마음을 더 잘 알게 되었을 겁니다."

"그렇기를 바라오."

카네티는 쓸쓸히 웃었다.

3

1966년 7월이었다. 카네티는 벤치에 앉아 햇살에 잠긴 템스강을 내려다보며 누군가를 기다렸다. 어제 아침 낯선 남자가 햄스테드의 집을 찾아왔다. 남자는 스페인어 악센트가 강하게 섞인 영어로 라몬이라는 분의 편지를 가져왔다고 말했다. 카네티가 라몬이 누군지 모른다고 말하자 남자는 편지를 보면 알 수 있을 것이라고 했다. 편지를 읽은 카네티는 몹시 놀란 표정으로 왜 그가 라몬이 되었느냐고 물었다. 물으면서도 참 멍청한 질문이라고 생각했다. 남자는 그분의 이름이 라몬이라는 사실 이외엔 아는 것이 없다고 대답했다. 카네티가 라몬을 만나고 싶다고 하자 남자는 그렇게 전하겠다면서 편지를 회수해야 한다고 정중히 말했다. 카네티는 편지를 다시 한번 읽은 후 돌려주었다.

배 한 척이 느리게 가고 있었다. 배가 타워브리지의 그림자가 비치는 수면을 가로지를 때 마스트에 앉은 새들이 일제히 비상했다. 다뉴브강이 떠올랐다. 강 너머는 루마니아 땅이었다. 유모의 고향이 루마니아였다. 카네티는 유모의 아이와 함께 그녀의 젖을 먹고 자랐다. 루마니아 말이 자신에게 따뜻한 느낌을 불러일으키는 것은 유모 때문이라고 카네티는 생각했다.

다뉴브강은 겨울에도 좀처럼 얼지 않았지만 강이 얼어 길의 역할을 하는 날이 있었다. 어느 날 어머니가 말들이 끄는 썰매를 타고 강을 건너는데 이리떼가 쫓아왔다. 채찍을 휘둘러도 계속 쫓아오자 총을 들었다. 어머니는 그날 이후 꿈에 이리가 나타나 빨간 혀를 내민다고 말했다. 어머니의 목소리가 들리는 듯했다. 그리운 소리였다. 이리의 혀와 함께 또하나의 기억이 떠올랐다. 핼리혜성이 출현한 날이었다.

마을 사람들은 핼리혜성의 출현을 세상의 종말과 연관 지어 이야기했다. 어렸던 그는 그게 무슨 소리인지 몰랐다. 그 의미를 알게 된 것은 불가리아 소녀를 통해서였다. 소녀는 며칠만 지나면 밤에 혜성이 나타날 거라면서, 지구와 충돌하면 우리 모두 죽는다고 작은 목소리로 말했다. 신문에 지구 종말에 관한 기사가 많이 실린다는 사실을 어른들의 이야기를 통해 알았다. 혜성의 꼬리가 죽음의 기체로 되어 있어 사람들이 방독면과 해독약을 구입한다는 말도 들었다.

1910년 5월 운명의 그날 밤, 카네티의 집 넓은 마당에 사람들이 모여들었다. 그렇게 많은 사람들이 온 적은 처음이었다. 어머니가 그 시간까지 침대로 가라고 하지 않은 것도 처음이었다. 모두 하늘만 쳐다보았다. 아버지는 어린 아들의 무서움을 조금이라도 덜어주려는 듯 버찌가 달린 나뭇가지를 꺾어 카네티에게 건넸다. 카네티가 버찌를 입에 물었을 때 하늘과 땅이 대낮처럼 밝아졌다. 사람들의 말과 달리 세상은 멸망하지 않았지만 그날의 풍경은 꿈에 자주 나타났다. 세월이 흐르면서 그날의 풍경도 점점 흐려져갔지만 아버지의 죽음을 목격하면서 그 풍경이 다시 떠올랐다. 전쟁이 불러일으킨 절망이 아버지를 죽게 했다. 아버지에게 전쟁은 세상의 진정한 종말이었던 것이다. 하지만 할아버지는 아버지가 죽은 이유를 다르게 생각했다.

아버지가 죽은 지 한 달이 되던 날 집에서 추도식을 가졌다. 머리에 두건을 두르고 손에는 기도서를 든 남자 친척들이 거실 벽에 나란히 섰다. 불가리아에서 온 할아버지는 맞은편 소파에 앉았다. 기도문이 낭송되자 할아버지가 흐느끼기 시작했다. 흐느끼는 소리가 너무 애절해 어린 그의 눈에서도 눈물이 흘렀다.

나중에 안 사실이지만 할아버지는 자신이 아들을 죽였다는 죄책감에 사로잡혀 있었다. 신앙심이 깊은 유대인에게 아버지가 아들을 저주하는 행위는 금기였다. 그것보다 더 위험하고 무서운 저주는 없기 때문이었다. 그럼에도 할아버지는 가업을 잇지 않고 자신의 곁을 떠나 영국으로 이주한 아버지를 저주했고 그로 인해 아버지가 죽었다고 생각했다. 할아버지가 짊어진 그 끔찍한 죄책감을 제대로 이해하기에 그는 그때 너무 어렸었다. 그럼에도 할아버지의 생각이 마음속으로 파고든 것은 눈에 보이지 않는 사람의 마음이 어떤 과정을 거쳐 눈에 보이는 사람의 몸에 그런 영향을 미칠 수 있는지 궁금해졌기 때문이다.

카네티는 종종 할아버지의 고통을 생각했다. 자신의 저주로 아들이 죽었다는 죄책감의 깊이를 여전히 헤아릴 수 없었다. 고통을 덜어드리고 싶다는 마음이 간절했으나 그럴 수 없다는 것을 알고 있었다. 이 세상의 누구도 할 수 없는 일이었다. 아들의 죽음을, 그 죽음이 불러일으키는 순정한 고통을 홀로 짊어지고 있는 할아버지가 때때로 거룩해 보이기까지 했다.

시계를 보았다. 약속 시간인 정오가 다 되어갔다. 구름 사이로 햇살이 내려오자 강물의 색이 다채롭게 변했다. 터너의 그림이 떠올랐다. 카네티는 그의 풍경화가 불러일으키는 미묘한 환영을 좋아했다. 삶의 자질구레한 일상에 묶여 있는 마음을 풀어주기 때문이었다. 기척이 느껴져 돌아보니 중절모와 검은 테 안경을 쓰고 콧수염을 얇게 기른 남자가 서 있었다.

"라몬입니다."

남자는 벤치에서 일어난 카네티 앞으로 다가와 미소를 지으며 스페인어로 말했다. 카네티는 혼란 속에서 남자를 응시했다. 그가 기다린 사람이 아니었다.

"당신은 라몬이 아니지 않소."

카네티의 말에 남자는 엷게 웃었다.

"저는 라몬입니다. 선생님은 저에게 물으셨지요. 다빈치가 그린 〈담비를 안고 있는 여인〉을 아느냐고."

그러면서 남자는 중절모와 함께 안경을 벗었다. 카네티는 남자의 눈을 들여다보았다. 눈동자가 연한 파란색이었다. 그제야 짙은 눈썹과 큰 귀가 눈에 들어왔다.

"세상에…… 당신은 정말 절묘하게 변신했구려!"

카네티는 감탄하며 남자의 손을 잡았다.

"전 오래전부터 오디세우스의 변신을 꿈꾸었습니다."

"오디세우스 변신의 절정은 거지 모습으로 고향에 돌아오는 장면이오. 지금 당신의 모습은 말끔한 중년 신사이구려."

"저는 거지로 변신해 고향 아르헨티나로 돌아가는 꿈을 품고 있습니다. 어쩌면 지금의 제 모습이 그 꿈으로 다가가는 데 필요한 과정일지도 모르지요."

그들은 나란히 벤치에 앉았다.

"당신이 세상에서 사라졌을 때 전 세계가 놀란 걸 아시오?"

1965년 3월 아일랜드 섀넌공항에서 카네티와 작별한 체는 다음날 아바나 란초 보예로스 공항에 내렸다. 그리고 사라진 것이었다. 세계의 이목을 집중시키는 정치인이자, 가장 유명한 마르크스주의 혁명가가 홀연히 사라졌으니 세계가 놀랄 수밖에 없었다.

"미국 CIA가 가장 놀랐겠지만 진정으로 놀란 이들은 작가였소. 당신은 작가들로 하여금 개인과 인류의 관계에 대해 새로운 질문을 하게 했소. 당신이 사라진 순간부터 수많은 작가들이 당신의 숨겨진 운명을 상상했던 것은 당신의 새로운 질문 때문이었소."

체가 모습을 감추자 갖가지 소문들이 떠돌았다. 처음에는 그가 도미니카공화국에 있다는 소문이 돌았다. 체가 사라진 지 얼마 후 산토도밍고 거리가 축출당한 좌파 대통령을 지지하는 반군과 도미니카공화국 군대의 전쟁터가 되어버렸기 때문이다. 이후에는 베트남, 페루 등 다른 나라의 군대에 있다, 아르헨티나에서 게릴라전을 준비하고 있다, 악성 천식으로 인한 합병증으로 심장병이 발병해 고통받고 있다는 등의 소문들이 떠돌더니, 피델 카스트로와의 불화로 정신병원에 강제 수용되었다, 망명했다, 병이 너무 위중해 소련으로 수술받으러 떠났다가 그의 반소련적 태도 때문에 살해되었다는 소문까지 돌았다.

그러다 그해 10월 3일 피델이 공식 자리에서 체의 편지를 낭독하면서 피델과 연관된 소문은 가라앉았다. 그 편지에서 체는 '지금 세계의 다른 땅들이 자신의 보잘것없는 힘을 원하고 있다'면서 '가장 신성한 의무를 수행한다는 자부심을 갖고 새로운 전장으로 떠난다'고 했다.

"피델이 당신의 편지를 공개했을 때 난 기쁨과 슬픔을 동시에 느꼈소. 가장 당신다운 모습에 대한 기쁨이자 슬픔이었소. 나는 당신이 새넌강의 그 레스토랑에서 이야기한 정치와 혁명, 찢긴 영혼, 영원한 꿈과 한없는 피로, 늙은 정신과 새벽이라는 말을 떠올리며 사라진 당신이 어디에 있을지 상상했소. 난 당신이 새벽의 씨앗을 찾아 나선 거라고 생각했소. 런던에 오기 전에는 어디에 있었소?"

"잠깐 파리에 있었습니다."

"해야 할 일이 있었소?"

"몇몇 사람들을 만났습니다. 저의 변신이 제대로 되었는지 확인해야 했으니까요."

"나도 몰라봤으니 변신은 성공적인 듯하오."

"그런 것 같습니다."

체는 빙긋 웃으며 말했다.

"파리에서는 어떻게 지냈소?"

"제일 먼저 루브르미술관을 찾아갔습니다. 어머니가 좋아하신 다빈치의 〈성 안나와 성모자〉가 보고 싶었습니다. 오래전부터 저는 마음속으로 어머니와 함께 루브르미술관에서 다빈치 그림을 보는 장면을 그려왔습니다."

"당신 어머니가 돌아가셨다는 사실을 뉴스로 알았소."

체의 어머니는 체가 공식석상에서 사라진 지 두 달 후인 1965년 5월에 세상을 떴다. 아르헨티나에서 암투병을 하고 있던 그녀는 죽기 전까지 사라진 아들을 애타게 찾았다고 했다.

"시사주간지에서 당신 어머니의 장례식 사진을 보았소. 관 위에 당신 사진이 담긴 액자가 놓여 있었소."

"전 어머니가 돌아가셨다는 것도 까맣게 몰랐습니다. 어머닌 아바나에 두고 온 저의 작별 편지도 읽지 못했습니다. 그 편지는 제가 어머니에게 보내는 마지막 포옹이었습니다."

체의 눈자위가 붉어졌다.

"루브르에서 다빈치의 그림을 보고 있는데 어떤 시선이 느껴졌습니다. 어머니였습니다. 어머니는 저와 함께 다빈치의 그림을 보고 있었습니다. 그림을 보는 어머니의 시선이 때로는 저의 시선과 섞이곤 했습니다. 그러면 그림도 달라졌지요. 풍경을 감싸는 대기의 흐름이 달라지고, 선들과 색채의 광휘가 깊어지면서 그전에는 보이지 않았던 어떤 것들이 보였습니다. 그림의 변화에 따라 다채롭게 변하는 어머니의 표정도 환히 보였지요. 어머닌 루브르를 나와서도 절 떠나지 않았습니다."

체의 입가에 미소가 감돌았다.

"어머니가 앞서서 걷는가 하면 제가 앞서서 걷기도 했습니다. 루이레핀 광장의 꽃시장에서는 나란히 걸었습니다. 판테온 거리 뒤편의 미로처럼 꼬불꼬불한 길을 걷는데 어디선가 새들의 지저귀는 소리가 들렸습니다. 걸음을 멈추고 새소리에 귀를 기울이는 어머니의 모습이 너무 아름다웠습니다. 시테섬 끝 쪽에서 느리게 흘러가는 센강을 보며 어머니가 좋아하는 송아지 스튜와 함께 와인을 맛있게 먹었습니다. 어머닌 미소를 지으며 얘야, 천천히 먹어라, 라고 말했습니다. 뤽상부르공원 벤치에서 제가 소르본대학 학생들과 베트남전쟁에 대해 토론을 벌이고 있을 때 어머닌 간신히 웃음을 참았습니다."

체는 미제국주의의 힘을 약화시키기 위해서는 제2, 제3의 베트남전쟁이 필요하다는 주장을 틈만 나면 했다. 베트남전쟁이 미국에 심대한 타격을 주었다고 생각했기 때문이다.

"어머니의 표정이 어두워진 것은 제가 노트르담성당 왼쪽 문에서 있는 생드니 석상을 보고 있을 때였습니다. 그 석상을 보면서 저는 잘린 목을 가슴에 품고 전선에 선 혁명가를 생각했습니다."

생드니 석상은 3세기 파리 부근에서 기독교를 처음 전하다가 참수된 생드니가 자신의 잘린 목을 들고 몽마르트르 언덕을 올랐다는 전설에 따라 양손에 목을 들고 있는 모습을 하고 있다.

"그리고 어머니와 저는 납골당이 보이는 생트샤펠성당으로 갔습니다. 캄캄하고 습기 찬 나선계단을 걷는데 어느 순간 어머니가 사라져 있었습니다. 여긴 땅 밑처럼 고요하구나, 라고 말하는 어머니의 목소리를 들은 것 같기도 했지만 주위를 아무리 두리번거려도 어머니는 보이지 않았습니다. 뭐라고 표현할 수 없는 적막이 저를 에워쌌습니다. 다시 혼자가 되었다는 사실이 사무치게 느껴지더군요. 제가 유령의 존재가 되기를 결심한 후에 가장 견디기 힘들었던 것은 어머니가 겪으실 고통이었습니다. 그럼에도 그렇게 할 수밖에 없었던 운명이 원망스럽기도 했습니다."

체의 눈에 눈물이 비쳤다.

"생트샤펠성당을 나와 목적도 없이 휘적휘적 걸었습니다. 한참을 걷고 나서야 걸음을 멈추었습니다. 제가 가고 싶은 곳이 떠올랐으니까요. 묘지였습니다. 그곳이 어머니에게 덜 낯선 공간일 거라는 생각과 함께 거기에 가면 혹시 어머니가 다시 나타나지 않을까 하는 기대도 있었던 것 같습니다. 얼마 후 페르 라셰즈 묘지에 도착했지만 그곳에도 어머니는 없었습니다. 그래서 저는 '시민군의 벽'을 찾았습니다."

'시민군의 벽'은 파리코뮌이 무너지면서 생포된 시민군들이 처형당한 곳이었다. 그 주변에는 시민군의 군가 〈버찌가 익을 무렵〉의 가사를 쓴 장 바티스트 클레망의 묘소를 비롯해 시민군 전사자들의 묘역이 있었다.

"'시민군의 벽' 앞에 서서 그들의 거짓 없는 운명을 생각했습니다. 그들이 죽음을 두려워하지 않았던 것은 거짓 없는 운명을 선택했기 때문일 것입니다. 자식의 죽음을 온몸으로 겪었을 그들의 어머니도 생각했습니다. 인류가 자식을 잃은 어머니의 슬픔을 좀 더 깊이 느낄 수 있었다면 역사가 그토록 피투성이로 점철되지는 않았을 거라고 생각하면서 발길을 돌렸습니다."

체는 두 손으로 얼굴을 쓸었다. 안색이 창백했다.

"아, 사르트르를 보았습니다. 어머니가 좋아하셨던 쇼팽의 묘소를 찾고 있는데 그가 맞은편에서 걸어오더군요. 묘한 우연이었습니다."

체가 사르트르를 처음 만난 것은 1960년 3월이었다. 쿠바혁명 후 유럽과 라틴아메리카의 좌파 지식인들은 혁명정부가 준비한 여러 문화회의에 참석했는데, 그중의 한 사람이 사르트르였다. 그의 책을 읽고 자란 체로서는 잊을 수 없는 만남이었다.

"우린 시선이 엇갈리면서 지나쳤습니다. 몇 걸음 옮긴 후 뒤를 돌아보았습니다. 사르트르도 뒤를 돌아보더군요. 저는 가만히 고개를 돌렸습니다. 열 걸음 정도 걷다가 다시 돌아보니 멀어져가는 그의 뒷모습이 보였습니다. 전 마음속으로 작별인사를 건넸습니다."

"작별이라면……"

"말 그대로 작별이지요."

체는 희미하게 웃었다.

4

천장이 높은 레스토랑이었다. 유리잔이 달그락거리는 소리와 낮게 소곤거리는 소리가 중간중간 들릴 뿐 실내는 조용했다. 종업원들의 발걸음도 조심스러웠다.

"당신의 눈이 슬퍼 보이오."

카네티의 말에 체는 두 손을 펴 보였다.

"콩고 정글의 습기가 묻은 손입니다. 이 습기는 쿠바 정글의 습기와 다릅니다. 쿠바 정글의 습기가 묻은 손은 새벽의 씨앗으로 가득했지만 지금 이 손은 텅 비어 있습니다."

"콩고에 갔었소?"

체는 고개를 끄덕였다.

"언제 갔었소?"

"작년 4월 24일 쿠바 전사들과 함께 탕가니카 호수를 건너 콩고 땅에 발을 디뎠습니다."

"왜 하필 콩고였소?"

"루뭄바를 아십니까?"

"귀에 익은 이름인데……"

"신생 독립국가 콩고의 초대 총리였습니다."

"아, 그 사람!"

카네티는 고개를 끄덕였다. 콩고는 1960년 6월 벨기에로부터 독립했다. 1960년 한 해에만 프랑스령 카메룬을 시작으로 열일곱 개의 나라가 독립했다. 2차세계대전 후 아시아 곳곳에서 일어난 식민지 해방운동이 아프리카에서는 1960년이 되면서 일어난 것이었다. 루뭄바는 아프리카의 해방과 연대를 외친 사회주의자였다. 그런 그가 쿠데타 군대에 체포되어 미국과 벨기에의 묵인하에 처형된 것은 독립한 지 일 년도 채 안 된 1961년 1월이었다.

"군부 쿠데타는 미국이 아시아와 라틴아메리카를 지배하기 위한 전략 가운데 하나입니다. 그 전략을 아프리카에도 사용하기 시작한 거지요. CIA 요원들이 쿠데타군의 우두머리를 그림자처럼 따라다녔습니다. 루뭄바가 제국주의자들에게 살해되자 아프리카는 경악했습니다. 아프리카의 해방과 연대를 꿈꾸었던 이들에게 루뭄바의 죽음은 악몽이었습니다. 그래서 전 쿠바 전사들과 함께 그 악몽 속으로 들어가기로 결심했습니다. 비록 루뭄바는 살해되었지만 아프리카의 해방과 연대를 바라는 그들의 꿈이 혁명적 차원에서 너무나 중요했기 때문입니다. 하지만 전 콩고 정글에서 도망쳐 나왔습니다. 비참하고 수치스러웠습니다. 싸움의 기간을 삼 년에서 길게는 오 년까지 보았습니다만 육 개월 만에 무너졌습니다."

"이유가 무엇이오?"

"여러 가지 원인들이 복합적으로 얽혀 있습니다만 콩고 반군 지도자들의 분열을 먼저 거론해야 할 것 같습니다. 쿠바의 혁명전쟁 때도 분열은 있었지만 파시스트 세력에 대한 저항 의지만큼은 분열되지 않았습니다. 하지만 콩고 반군 지도자들의 가장 큰 관심은 슬프게도 자파 세력의 이익이었습니다. 그들을 단합시키려고 노력했으나 결국 실패했습니다. 반군 지도자들은 전선에 오지 않았고, 콩고 전사들은 싸우려는 의지가 부족했습니다. 저와 함께 온 쿠바 전사들은 콩고인들이 자신의 나라를 위해 싸우려 하지 않는데 왜 우리가 싸워야 하는지, 의문을 품을 수밖에 없었습니다. 게다가 콩고 지형은 게릴라 활동에 적합하지 않았습니다. 그해 6월 알제리에서는 군부 쿠데타로 벤 벨라 대통령이 축출되는 참사가 일어났습니다. 그는 반제국주의 전선에서 쿠바의 훌륭한 파트너였고, 혁명 전선의 중요한 거점 역할을 해왔습니다. 콩고 전선에 커다란 타격이 가해진 것이지요."

체의 목소리에 괴로움이 짙게 묻어났다.

"9월이 되자 콩고 반군 세력들의 분열이 극에 달하면서 무장 충돌까지 일어났습니다. 아군과 적군을 구별할 수 없는 상황이 되어버린 것입니다. 절망한 저는 농부에게로 시선을 돌렸습니다. 농부를 대상으로 전사를 모집하여 새로운 해방군을 육성하는 계획을 세웠습니다."

"무엇이 당신으로 하여금 그런 순수한 희망을 갖게 했소?"

"죽음입니다. 혁명 전선에서는 승리 아니면 죽음뿐이니까요."

체는 목소리를 죽이며 말했다.

"새로운 해방군을 제대로 훈련시키려면 시간이 필요했지만 상황은 시간을 허락하지 않았습니다. 10월 중순으로 접어들면서 정부군의 대규모 공세가 시작되었습니다. 함대와 대형 쾌속 보트, 소형 폭격기, 헬리콥터의 지원을 받으며 반군 영토로 들어왔습니다. 저는 잃어서는 안 될 곳을 지키기 위해 새로운 캠프를 만들었지만 전선은 너무 빨리 무너졌습니다. 참담한 후퇴였습니다. 그럼에도 희망을 버리지 않았습니다. 버릴 수 없었습니다. 하지만 11월에 들어서자 희망의 발판마저 무너지고 말았습니다. 탄자니아 정부가 콩고 민족해방운동 지원을 중단한 것입니다. 그것은 통신망과 병참 보급선이 끊긴다는 것을 의미했습니다. 빈사 상태의 혁명에 가해진 마지막 일격이었습니다. 그래서 전 콩고에서 도망쳐 나올 수밖에 없었습니다. 11월 18일 새벽이었습니다. 함께 가고 싶다고 애원하는 콩고 전사들을 뿌리친 채 비참과 수치 속에서 도망쳐 나왔습니다."

"그동안 어디에 있었소?"

"탄자니아의 다르에스살람에 은신해 있다가 지난 3월 은신처를 프라하로 옮겼습니다."

"다르에스살람에서는 무얼 했는지 물어도 되겠소?"

"콩고에서 실패한 원인을 분석하는 글을 썼습니다. 상상과 현실의 괴리를 꿰뚫어보지 못한 저의 무지와 오류를, 잃어버리면 안 되는 시간을 잃어버린 저의 죄를 추궁했습니다. 아프리카 대륙 혁명의 입장에서 콩고는 대단히 중요한 전선이었습니다. 그 전선에서 도망쳐 나왔다는 게 지금도 믿기지 않습니다."

체의 눈이 슬픔으로 흐려졌다.

"티나는 잘 있소?"

그를 만나자마자 하고 싶었던 질문이었다.

"잘 있습니다."

"지금도 쿠바에 있소?"

"볼리비아에 있습니다."

"거기에 있는 이유가 궁금하구려."

"볼리비아는 페루와 브라질, 파라과이와 칠레와 아르헨티나에 둘러싸인 라틴아메리카의 심장부이지요."

"당신의 혁명 전선이 아프리카에서 라틴아메리카로 이동했음을 뜻하오?"

"저에게 라틴아메리카는 혁명 전선이 아니었던 때가 없었습니다."

"티나가 어떤 역할을 하는지 물어도 되겠소?"

"볼리비아에서는 독일 이민자 사회의 영향력이 무척 큽니다. 티나의 삶에 새겨진 독일인의 정체성을 아주 유용하게 쓰고 있지요."

"잘하고 있소?"

"임무를 훌륭하게 수행하고 있습니다."

"티나가 당신에게 마르타 이야기를 한 적은 없소?"

"있었습니다."

"뭐라고 했소?"

"어머니의 삶이 현실처럼 느껴지지 않는다고 했습니다."

카네티는 가스등의 어슴푸레한 불빛에 잠겨 알 수 없는 어딘가를 응시하는 마르타를 떠올렸다. 넓은 이마 아래 깊이 들어간 눈이 먼저 보였다. 약간 치켜올라간 코와 얇은 입술은 어둠에 잠겨 있었다. 시간이 흐르지 않아 순간과 영원이 공존하는, 기쁨도 절망도 없는 거기에 그녀는 어느새 돌아와 있었다.

"제가 프라하의 안가에 칩거하고 있을 때……"

체는 미소 지으며 말했다.

"폴란드 크라쿠프를 다녀왔습니다. 〈담비를 안고 있는 여인〉을 보러 갔지요."

"아, 그랬소?"

"선생님의 말씀대로 그 여인의 얼굴에서 랭보의 모습이 보이더군요."

"당신도 그렇게 느꼈구려."

카네티의 입가에도 미소가 어렸다.

"섀넌에서 당신은……"

카네티는 낯선 모습으로 변신한 체를 물끄러미 보며 말했다.

"노인처럼 쭈글쭈글해져가는 인류의 정신을 청년으로 변화시킬 수 있다는 희망을 이야기했소. 내 느낌으로는 당신의 희망이 조금도 훼손되지 않은 것 같소."

"그렇게 말씀해주시니 기쁘군요."

"숙소는 어디요?"

"런던탑 근처의 작은 호텔입니다."

"그곳으로 정한 특별한 이유라도 있소?"

"역사의 유령들과 가까워져야 하니까요."

"무슨 뜻이오?"

"런던탑은 처형장이었습니다. 역사의 유령들이 배회하는 곳이지요. 이젠 저도 역사의 유령이 되어버렸습니다."

"쓸쓸하지 않소?"

"비틀스 노래를 들으면 조금 나아지더군요."

"당신이 비틀스를 듣소?"

카네티는 놀라며 물었다.

"전 세계의 젊은이들이 왜 비틀스의 노래에 열광하는지 궁금하니까요."

"그 이유를 찾았소?"

"비틀스의 노래를 들으면 묘하게도 옛 기억들이 떠오르더군요."

"어떤 기억들이오?"

"제가 저를 죽여 역사의 심장 속으로 들어가기 전의 기억들입니다. 누구도 찾을 수 없는 곳에 틀어박혀 문학서적을 읽던 기억들, 히치하이킹 여행을 했을 때의 기억들, 치치나와 사랑에 빠졌을 때의 기억들…… 다시는 돌아갈 수 없는 시절이죠."

체의 얼굴이 아련해졌다.

"런던에는 언제까지 머무오?"

"이틀 후 떠납니다."

"오늘 저녁 약속이 있소?"

"없습니다."

"잠깐만 기다리시오."

카네티는 자리에서 일어나 어디론가 갔다가 잠시 후 돌아왔다.

"어떤 사람과 전화통화를 했는데, 그가 오늘 저녁 만찬에 당신을 초대하고 싶다 하오."

"말씀은 감사하지만 아시다시피 전 유령인걸요."

"체 게바라는 유령이지만, 라몬은 유령이 아니잖소."

"그렇게 되는 건가요."

체는 쓸쓸히 웃었다.

"당신을 초대한 이가 누군지 궁금하지 않소?"

"누구지요?"

"존 레넌이오."

"네?"

체는 놀란 표정으로 되물었다.

"비틀스의 리더 존 레넌 말이오."

"믿어지지 않는군요."

체는 멍하니 카네티를 보았다.

"나도 믿어지지 않소. 당신과 레넌이 이런 방식으로 만난다는 사실이."

"저를 뭐라고 소개하셨습니까?"

체의 눈이 어린아이의 눈처럼 반짝였다.

"쿠바로 망명한, 비틀스의 음악을 들으면 되돌아가고 싶은 추억들이 떠오른다는 아르헨티나의 혁명가라고 했소. 그리고 덧붙였소. 체 게바라와 가까운 사이라고."

"허구의 인물을 창조하셨군요."

"당신의 연기를 기대하겠소."

"선생님과 존 레넌이 가까운 사이일 줄은 전혀 몰랐습니다."

"어떤 인연으로 친밀한 사이가 되었소. 그 인연 속으로 들어온 사람 가운데 당신이 아는 사람이 있소."

"그분이 누구인가요?"

"랭보요."

카네티는 속삭이듯 말했다.

5

야외 테라스에 식탁이 차려졌다. 흰 식탁보 위에는 완두콩과 아스파라거스, 치즈퐁뒤, 세 종류의 오믈렛과 함께 이탈리아 토스카나산 와인과 프랑스 가스코뉴산 브랜디가 놓였다. 카네티와 체는 와인을, 레넌은 브랜디를 선택했다. 저녁 공기는 맑고 선선했다. 얼굴을 부드럽게 스치는 바람에 라벤더 향기가 묻어났다.

레넌은 날씨가 좋아 다행이라고 생각했다. 집에 손님을 들인 것은 참 오랜만이었다. 언젠가부터 사람을 만나는 게 싫어졌다. 대화를 해야 하는 상황 자체가 끔찍했다. 하지만 오늘은 달랐다. 카네티 선생의 전화만으로도 반가웠는데 쿠바로 망명한 아르헨티나 혁명가와 함께 방문해도 되느냐는 말에 귀가 번쩍 뜨였다. 게다가 그 망명객이 체 게바라의 오랜 친구이며, 그의 쿠바 망명이 체 게바라의 주선으로 이루어졌다고 하는 게 아닌가! 사람을 기다리면서 가슴이 설렌 적이 얼마 만인지 기억조차 나지 않았다.

"망명 혁명가를 집에 모시게 되어 기쁩니다."

레넌은 약간 수줍은 표정으로 말했다. 체는 그를 가만히 쳐다보았다. 카네티에게서 레넌과 친밀해지기까지의 과정을 듣는 동안 체는 노래를 들으며 상상한 그의 이미지가 다르게 다가오면서 그가 한층 궁금해졌다. 처음엔 스물여섯 살 청년의 얼굴에 어울리지 않는 공허와 피로의 기색이 보여 내심 놀랐는데, 시간이 지날수록 레넌의 표정이 밝아지면서 비로소 청년의 에너지가 느껴졌다.

"처음 뵈었을 때 고고학자가 오신 게 아닌가 했습니다."

"왜 그렇게 생각했소?"

레넌의 말에 흥미를 느낀 카네티가 물었다.

"글쎄요…… 두터운 안경과 깊숙한 눈이 그런 생각을 불러일으킨 것 같습니다."

레넌이 멋쩍은 목소리로 말하자 체는 빙긋 웃었다.

"학창 시절에 고고학에 관심을 둔 적이 있습니다. 어머니가 고고학자가 될 생각은 없는지 물었을 정도였습니다."

어머니는 1954년 봄 과테말라에 머물고 있는 체에게 편지를 보내 그렇게 물었다. 혁명에 경도된 아들에 대한 불안 때문이었을 것이다. 어머니는 체가 파리로 가서 의학 공부를 계속하길 원했다. 하지만 체는 반대로 갔다. 멕시코시티에서 만난 쿠바 혁명가들과 함께 반란군이 되어 전쟁터로 들어간 것이었다. 그 이후 쿠바혁명이 성공할 때까지 이 년 남짓 동안 '아르헨티나 의사 출신 게릴라 체 게바라'가 죽었다는 기사가 여러 차례 보도되었고, 그때마다 체의 어머니는 초주검이 되곤 했다.

"뜻밖이네요. 혁명가는 미래의 시간을 캐지만 고고학자는 과거의 시간을 캐니까 말입니다."

"의미 있는 과거의 시간은 미래의 방향을 예시하지요."

체는 폐허가 된 마추픽추 사원을 생각했다. 스페인인에 의해 파괴되어 사라진 잉카문명의 도시 마추픽추는 1911년 미국의 고고학자 빙엄에 의해 발견되었다. 그러자 미국 연구자들이 몰려들어와 이백 상자 이상의 고고학적 보물들을 그들의 나라로 가져갔다.

마추픽추의 유물을 연구하거나 감상하려면 미국의 박물관으로 가야 하는 것이다. 체에게 폐허가 된 마추픽추는 오래된 영혼을 불러내는 공간이면서 제국주의의 본질을 환기시키는 공간이었다.

"왜 혁명가가 되셨는지 궁금합니다."

"꿈을 꾸니까요."

"어떤 꿈이지요?"

"천국도 지옥도 없는 세상을 꿈꾸지요."

"무슨 뜻인가요?"

"한 사람이 천국의 시간을 보내게 되면 수많은 사람들은 지옥의 시간을 견뎌야 합니다. 천국이란 지옥의 축적 없이는 이루어지지 않으니까요."

"아, 그렇군요."

레넌은 고개를 끄덕였다.

"위험이 두렵지는 않나요?"

"나의 것이 없으면 두렵지 않습니다."

"나의 것이라면……"

"말 그대로입니다. 나의 자아, 나의 재산, 나의 가족, 나의 땅이 나의 것이죠. 하지만 저 하늘은……"

체는 하늘을 올려다보았다.

"경계가 없지요. 너와 나의."

"예수가 되어야겠네요."

"예수는 혁명가의 원형적 모습을 보여주었지요."

"선생님은 절 경멸하시겠군요."

"왜 그런 생각을 하죠?"

"제 집을 보세요. 할리우드 영화 속 집 같지 않나요? 튜더양식으로 지었다고 하더군요. 방이 스물일곱 개나 됩니다. 가족은 아내와 세 살 아이가 전부인데 말입니다."

레넌의 입가에 쓸쓸함이 섞인 냉소가 번졌다.

"당신이 획득한 권력을 어떻게 사용하느냐에 따라 달라지지요."

"권력이라고요?"

"비틀스의 권력은 대단하지요. 젊은층 사이에서는 미합중국 대통령보다 힘이 더 세지 않나요?"

체의 말에 레넌이 눈을 반짝였다.

"선생님의 말씀을 깊이 생각해봐야겠습니다. 하지만 저는……"

레넌은 체를 말끄러미 보았다.

"이 크고 화려한 집에서 바닷가를 향해 쓰러질 듯 서 있는 고향 마을의 남루한 집들과 마을의 진창길을 그리워하고 있습니다."

그러면서 레넌은 어릴 적에 뛰놀던 스트로베리 필즈의 황량한 풍경이 요즘 자주 어른거린다고 덧붙였다.

"당신의 노래 〈인 마이 라이프(In My Life)〉가 생각나네요."

〈인 마이 라이프〉는 1965년 12월에 발매된 비틀스 앨범 '러버 소울(Rubber Soul)'에 수록된 곡으로 '나에겐 영원히 잊지 못할 장소들이 있어요'라는 가사로 시작된다.

"당신의 그 노래를 구석진 호텔방에서 듣고 있는데 적막한 바닷가에 버려진 판잣집이 아련히 떠오르더군요."

체는 미소를 지으며 말했다.

"스물여섯 살이 되던 해 여름이었지요. 콰테말라 여행 도중 돈이 떨어져 도로 건설 작업장에서 타르 통을 옮기는 야간 일자리를 얻었습니다. 저녁 여섯시부터 다음날 아침 여섯시까지 쉼없이 이어지던 노동이었습니다. 머리에서 발끝까지 먼지와 타르를 뒤집어썼지요. 노동이 끝나면 바닷가에 버려진 판잣집에서 휴식을 취했습니다. 완전한 노동이 불러일으키는 성취감 속에서 '넌 앞으로 너에게 닥쳐올 어떤 일도 견딜 수 있어'라고 말하는 목소리를 들었습니다. 그것은 몸의 목소리이기도 했고, 영혼의 목소리이기도 했지요. 그 목소리가 나를 혁명가의 길로 이끄는 데 큰 에너지가 되었음을 나중에 알았습니다."

"아, 그랬군요."

레넌은 환한 표정으로 말했다.

"체 게바라의 친구라 들었습니다."

"그래서 체의 흉내를 잘 내지요."

체는 어깨를 으쓱하며 말했다.

"전 체 게바라를 경외합니다."

"그 이유가 궁금하군요."

"어릴 적 전 아버지를 찾아가는 상상 여행을 자주 했습니다. 선원이었던 아버지가 먼 곳으로 떠났거든요. 상상 속에서 전 깜깜한 배 밑바닥에 몰래 들어가기도 하고, 제가 만든 배를 타고 출항하기도 했습니다. 위험한 항해였으니 항해의 주인공은 영웅이 되거나 새가 되지요. 그런데 체 게바라는 제가 상상으로 했던 여행을 실제로 했더군요. 육신의 아버지가 아니라 영혼의 아버지를 찾아 남미 대륙을 떠돌다 목숨을 건 항해 끝에 마침내 혁명의 영혼 속으로 들어갔으니까요. 제 육신의 아버지는 제가 유명해지자 제 앞에 나타나 돈을 챙기고 사라졌습니다. 돈이 궁하면 다시 나타나겠지요. 그가 나타남으로써 전 영원히 아버지를 잃어버렸지만 체 게바라는 지금도 장엄한 항해를 계속하고 있으니 제가 경외할 수밖에요."

레넌은 아버지가 나타난 그날, 밧줄을 목에 걸고 천장에 매달리고 싶은 충동을 견뎌야 했던 끔찍한 밤이 떠올랐다.

"작년 봄 체 게바라가 실종되었다는 뉴스가 보도되었을 때도 저는 그가 새로운 항해를 시작했구나, 그렇게 생각했습니다. 어쩌면 라몬 선생님은 항해의 목적지를 알고 계실지도 모르겠군요."

레넌이 기대에 찬 표정으로 체를 보았다.

"체의 어머니조차 아들이 어디에 있는지 모른 채 돌아가셨습니다. 친구에 불과한 제가 알 턱이 없지요."

"슬픈 일이네요."

레넌이 침울한 목소리로 말했다.

"제 어머닌 저를 찾을 겨를도 없이 돌아가셨습니다. 차에 치여 즉사했거든요."

레넌은 어머니의 죽음을 생각하면 어머니처럼 홀연 사라진 어린 여동생이 떠올랐다. 아버지는 레넌이 세 살 때 집을 나갔고, 그로부터 이 년 후 어머니의 배가 불룩해졌다. 뱃속의 아이가 아버지와 관계가 없다는 사실을 집안 분위기로 알았다. 그럼에도 여동생이 태어났을 때 레넌은 기뻤다. 혼자가 아니라는 사실 때문이었다. 그러던 어느 날 여동생이 사라졌다. 어디로 간 건지 아무도 말해주지 않았다. 세월이 흐르면서 여동생에 대한 기억은 희미해졌고, 언젠가부터 여동생이 정말 세상에 존재했는지 의심까지 들곤 했다.

"저는 기억나지 않지만 이모의 말씀으로는 제가 병원에 안치된 어머니의 시신을 보지 않으려 했다더군요."

잊힌 여동생이 다시 생각난 것은 어머니의 충격적인 죽음이 레넌을 관통하면서였다. 어머니의 홀연한 사라짐이 여동생의 홀연한 사라짐을 환기시킨 것이었다. 그날 이후 묘하게도 어머니와 여동생이 보이지 않는 끈으로 연결된 듯했다. 어머니를 생각하면 여동생이 자연스럽게 떠올랐고, 여동생을 생각하면 어머니가 자연스럽게 떠올랐다. 그러면서 레넌은 간혹 어머니를 기다리는 자신을 발견하고 흠칫 놀라곤 했다. 사라진 여동생이 언젠가 돌아올지도 모르듯이, 어머니도 그렇게 돌아올 수 있다는 몽상에 자신도 모르게 빠져드는 것이었다.

"선생님의 어머님은……"

레넌은 카네티를 보며 조심스럽게 말했다.

"어머닌 쉰한 살에 돌아가셨소. 그때 난 서른한 살이었소."

카네티는 저문 하늘을 올려다보며 말했다. 어머니가 보여준 생의 마지막 얼굴이 떠올랐다. 빠른 걸음으로 다가오는 죽음 앞에서 끊임없이 변하던 얼굴, 죽음이 불러일으키는 고통을 타인의 시선으로 바라보던 얼굴, 죽음이 품은 생물학적 법칙에 따라 해체되어가던 얼굴, 생애의 고통을 펼쳐놓고 그 고통을 밟으며 어디론가 영원히 사라져가던 얼굴이었다.

"어머니의 임종을 지켜보면서 가장 괴로웠던 것은 나의 무력함이었소. 아무것도 할 수 없다는 무력함 속에서 나는 지금 이 상황이 꿈이 아닐까, 연극의 한 장면이 아닐까, 누군가의 조작이 아닐까, 끊임없이 의심했소."

"어머니를 무척 사랑하셨군요."

"나에게 사랑은 유한한 것에서 무한한 것을 찾는 열정이었소. 그걸 가르쳐준 이가 어머니였소. 어머니가 가르쳐준 그 사랑은 나를 어디론가 끌고 갔소. 놀랍게도 거기에 예술이라는 생명체가 숨쉬고 있었소. 난 금방 알았소. 예술 역시 유한한 것에서 무한한 것을 찾는 열정임을. 그 세계에서 열정은 존재의 일부가 아니었소. 존재가 열정의 일부였소. 그런 점에서 우린 같은 족속이오. 그렇지 않소?"

카네티의 말에 레넌의 얼굴이 상기되었다.

"제 노래가 어떻게 선생님의 작품과 비교될 수 있겠습니까?"

"당신의 노래는 모든 작품이 그렇듯 당신만이 표현할 수 있는 심미적 결과물이오."

"저는 제 노래의 쓸모없음에 절망하고 있습니다."

"나 역시 내 작품이 삶의 토사물에 불과하다는 절망에 빠져들곤 한다오."

"선생님은 선생님의 작품에 역겨움을 느끼신 적은 없습니까?"

"작품에 역겨움을 느낀다면 그건 작품이 가짜이기 때문이오. 난 가짜는 만들지 않았소."

"저는 참을 수 없는 역겨움을 느꼈습니다."

"당신이 그런 말을 하니 놀랍구려. 한 가지 물어보겠소. 그렇다면 최근 당신이 만든 〈노웨어 맨(Nowhere Man)〉은 당신이 느낀 역겨움을 표현한 노래이오?"

"그렇지 않다고 말할 수는 없겠군요."

어디에도 없는 자신만의 세계에 앉아, 누구를 위한 것도 아닌 삶을 계획하고, 자신이 어디로 가는지도 모르는 남자에 대한 노래가 역겨움의 표현이 아니라면 무엇인가, 라고 레넌은 생각했다.

"그 역겨움이 당신의 노래에 긍정적인 역할을 할 수도 있지 않겠소."

"무슨 뜻인지요?"

"역겨움의 절망이 노래에 아름답게 표현되었기에 하는 말이오."

"역겨움은 제가 무얼 상실했는지도 모른 채 눈뜬 장님처럼 저만의 세계에 갇혀 살아왔을지도 모른다는 불안과 두려움에 사로잡히면서 생겨났습니다. 이런 감정을 표현한 노래가 아름답게 들린다면 그건 노래가 가짜이기 때문이 아닐까요?"

"아름다움과 가짜는 상극이오. 아름다움은 가짜를 못 견뎌하고, 가짜는 아름다움을 못 견뎌하오. 당신의 노래가 아름다운 이유는 당신이 역겨움이라는 감정의 실체를 간절하고 치열하게 들여다보았기 때문일 것이오. 난 당신의 역겨움을 긍정적으로 생각하고 싶소."

"선생님의 말씀이 제게 얼마나 큰 위로가 되는지 선생님은 모르실 겁니다."

"당신은 내게 우연한 존재가 아니오. 당신이 아스트리드의 서가에 있는 수많은 책 가운데 『어떤 무명인의 비망록』을 뽑은 사실, 그 책의 수많은 문장 가운데 내 운명과 연결된 문장에 이끌린 사실, 그 문장을 까맣게 잊고 있다가 랭보의 시를 통해 기억해낸 사실을 생각하면 지금도 표현하기 힘든 감동에 사로잡히오. 라몬 선생이 지금, 여기, 우리와 함께 있는 게 우연이라고 생각하오?"

"그것 역시 우연이 아니겠군요."

레넌은 싱긋 웃으며 말했다.

"몇 년 전 겨울 스페인어를 쓰는 낯선 남자가 나를 찾아왔소. 그가 라몬 선생이오. 라몬 선생은 나의 유일한 핏줄인 티나에 대해 참으로 놀라운 말을 했소. 티나가 랭보의 손녀일지도 모른다는 것이오."

"랭보의 손녀요?"

깜짝 놀라는 레넌에게 카네티는 티나의 어머니 마르타가 살아온 삶의 궤적, 슈타지가 마르타의 아버지를 추적한 이유, 쿠바로 망명해 라틴아메리카 혁명운동을 모색하던 라몬과 티나의 만남, 슈타지의 파일을 본 라몬이 자신을 찾은 이유 등을 들려주었다. 체는 카네티의 이야기를 가만히 들었다. 그가 무슨 의도로 레넌에게 티나와 마르타의 숨겨진 생애를 이야기하는지 궁금했다.

"선생님에게 티나는 정말 기적 같은 존재군요. 마르타 그분이 랭보의 딸이라면…… 오, 맙소사! 마르타는 어떤 분이었나요?"

레넌은 흥분에 휩싸여 물었다.

"1920년대 말의 베를린은 나에게 카오스의 도시였소. 날마다 새로운 것이 생겨나 묵은 것들을 밀어냈소. 묵은 것이라고는 하나 사흘 전만 해도 새것이었는데 말이오. 도시가 급속히 물질화되어 갔기 때문이오. 예술조차도 물질화에 휩쓸렸소. 사람들 역시 물질이 되어 카오스 속을 시체처럼 떠돌았소. 무리를 지어, 패거리를 만들어 떠돌았소. 물질의 덩치를 키우기 위함이었소. 그들은 홀로 있는 것을 가장 무서워했소."

1차세계대전에서의 패배가 불러일으킨 삶의 어려움을 저런 식으로 견디는구나, 하고 카네티는 생각했다. 하지만 그것이 나치스의 기름진 토양이라는 건 까맣게 몰랐다. 그 무지를 생각하면 지금도 수치심이 일었다.

"마르타는 달랐소. 그녀는 늘 혼자였소. 다른 사람과 섞여 있을 때도 혼자 있는 것처럼 보였소. 푸른빛과 보랏빛이 뒤섞인 듯한 눈동자와 오래된 추억 속을 헤매는 듯한 몽롱한 그녀의 표정을 보고 있노라면 페르시아 세밀화 속의 여성을 보는 것 같았소. 그런 그녀가 신비롭게 느껴졌소. 처음 얼마 동안 일정한 거리를 두고 그녀 주위를 빙빙 돌기만 한 것은 신비로움이 불러일으킨 경외감 때문이었소. 물론 나이 차 때문이기도 했지만 말이오."

"선생님과 나이 차가 어떻게 되는지요?"

레넌이 조심스레 물었다.

"당시 난 스물세 살이었고, 마르타는 서른여섯 살이었소."

"그분은 왜 선생님께 임신 사실을 숨겼을까요?"

"나와 작별해야 한다는 사실을 알고 있었기 때문이 아닐까 하오."

"선생님도 그렇게 생각하셨나요?"

"마르타를 선택함으로써 어머니가 겪을 괴로움을 견딜 자신이 없었소. 그럼에도 난 마르타에게 버림받은 느낌에 빠져들었소. 작별에 초연한 듯한 그녀의 태도 때문이었소. 그녀의 시선은 늘 먼 곳을 향해 있었소. 작별 앞에서 작별은 보지 않고 작별 너머를 보고 있는 거요. 내가 알 수 없는 어떤 곳을 말이오. 랭보의 시선도 그랬소. 그의 시선도 언제나 저 너머의 세계를 향해 있었소. 랭보는 휴식과 멈춤을 두려워했소. 랭보가 다리를 잃지 않았다면 사막 너머로 사라졌을 것이오."

"선생님은 따님을 랭보의 핏줄이라고 믿고 계시는군요."

레넌의 말에 카네티는 가만히 고개를 끄덕였다.

"라몬 선생님은 어떻게 생각하시는지요?"

레넌이 체를 보며 물었다.

"카네티 선생님과 같은 생각입니다."

"아, 그럴 것 같았습니다. 라몬 선생님도 랭보를 좋아하셨군요?"

"랭보는 나에게 죽음의 아름다움을 가르쳐준 최초의 시인입니다."

콩고 기지에서 후퇴할 때였다. 새벽 두시경 배가 호숫가 기슭에 도착하자 쿠바 전사들과 함께 병자와 부상병들, 콩고 반군 수뇌부와 그 일행이 승선했다. 승선에서 제외된 콩고인들이 자신들도 데려가달라고 애원했으나 배가 작아 더 태울 수 없었다. 체는 선상에서 그들을 고통스럽게 내려다보며 패배한 자의 무력감을 뼈저리게 느꼈다. 비참하고 수치스러웠다. 배가 콩고 영토를 빠져나갈 때 불현듯 유럽을 떠나 아프리카로 들어가는 랭보의 모습이 떠올랐다. 랭보는 자신과 관계된 모든 사람들을 잊고, 그 사람들에게 잊히고, 종내는 스스로를 잊기 위해 아프리카로 사라졌다. 체는 자신에게 물었다. 나는 나와 관계된 모든 사람들을 잊고, 그 사람들에게 잊히고, 종내는 나를 잊을 수 있을까, 하고.

"제가 함부르크에서 연주 생활을 할 때 들은 랭보의 시가 어린 병사의 죽음을 노래한 「골짜기에 잠든 자」였습니다. 요절한 친구가 낭송해주었지요. 그날 이후 그 시를 잊을 수 없었습니다. 저에게서 영원히 떠난 그 친구가 어린 병사의 죽음을 자신의 죽음과 동일시했으니까요."

스튜어트는 랭보를 꿈꾼다고 했다. 랭보처럼 자신의 삶을 구속하는 것들을 산산이 깨뜨리고 싶다고 했다. 오랫동안 꿈을 들여다보고 있으면 간혹 랭보의 영혼이 자신의 몸속으로 흘러들어오는 듯한 느낌에 사로잡힌다고 했다. 그러면 놀랍게도 자신이 랭보가 되어 갈색의 땅에 드러누워 대지의 리듬을 온몸으로 느끼고, 영원을 가리는 메마른 이성을 경멸하고, 낯선 길을 떠돌면서 초록 여인숙을 그리워하고, 추방당한 천사가 되어 신을 물어뜯는다고 했다.

스튜어트가 「골짜기에 잠든 자」에 대해 이야기하면서 병사의 주검을 응시하는 랭보가 떠올랐다고 했을 때, 병사의 죽은 육신이 랭보의 육신으로 변화하기 시작했다고 했을 때, 레넌은 스튜어트가 랭보를 자신과 동일시하고 있음을 느꼈다. 그러니까 랭보가 자신의 죽음을 보듯이 스튜어트는 자신의 죽음을 보고 있었던 것이다. 자연의 초록 침대에 누워 미소 짓는 자신의 죽음을. 스튜어트가 그 말을 했을 때 가슴을 툭 치고 간 듯한 어떤 손의 감촉이 다시 떠올라 레넌은 이상한 기분에 사로잡혔다. 육 년 전의 일임에도 손의 차가운 감촉이 너무 생생했다.

"식탁과 벽난로 사이에서 입에 거품을 문 채 사지를 쭉 뻗고 쓰러진 나의 아버지를 시냇물이 흐르고 투명한 햇살에 잠긴 골짜기로 옮긴 당신과 당신 친구의 미학적 마술에 난 영원히 감사할 것이오."

카네티는 체에게 아스트리드의 집에서 「골짜기에 잠든 자」를 둘러싸고 일어났던 일에 대해 이야기했다.

"그 미학적 마술은 수많은 우연들이 의미 있는 형태로 축적되다가 우리가 운명이라고 표현하는 어떤 필연성과 결합되었기 때문에 이루어졌다고 생각하오. 오늘 우리 세 사람의 만남 역시 미학적 마술이 작용한 거라고 생각하고 싶소. 라몬 선생이 나를 찾아 런던에 오지 않았다면, 비틀스의 노래에 대해 이야기하지 않았다면, 내가 전화했을 때 레넌 당신이 받지 않았다면, 받았다 하더라도 우리와 만나지 못할 상황이었다면 오늘의 만남은 없었을 것이오. 이 마주침 속에는 헤아릴 수 없이 많은 우연의 중첩과 운명적 필연성의 간절함이 깃들어 있지 않겠소. 3이라는 숫자의 의미를 한 번쯤은 들었을 것이오. 피타고라스는 3을 완벽한 조화로 인식했소. 삼위일체라는 말의 완전성과 신성성을 생각해보시오."

카네티는 잔을 들어 건배를 제의했다. 세 개의 잔이 부딪치면서 투명한 소리가 났다.

"우리는 마르타의 출생의 비밀을 알고 있는 유일한 사람들이오. 랭보의 피가 흐르는 티나는 인류의 시선으로 보면 성좌적 존재이오."

카네티는 체가 한 그 말을 잊지 않았다. 그로서는 잊을 수 없는 말이었다. 성좌적 존재를 위험한 혁명 전선으로 보내서는 안 된다는 생각으로 먼 데서 자신을 찾아온 체가 놀라웠다. 미국과 소련이라는 두 강대국에 등을 돌린 채 쿠바를 기점으로 라틴아메리카와 아프리카, 아시아를 잇는 대륙 혁명을 추구하는 그가 꿈에 사로잡힌 혁명가로만 보이지 않았다.

"그 성좌적 존재를 우리 세 사람이 바라보고 있소. 티나가 라틴아메리카 혁명 전선에 뛰어든 것은 티나 스스로 선택한 운명이오. 랭보가 평생 자신이 모르는 세계와 존재를 향해 고통스럽게 다가갔듯이 티나도 그렇게 다가가고 있는 것이오. 그런 티나의 운명을 바꿀 힘이 나에게는 없소. 내가 할 수 있는 유일한 행위는 기도이오. 나 혼자 기도하는 것보다 세 사람이 기도하면 기도의 간절함이 한층 깊어지지 않겠소."

카네티의 목소리에 깊은 슬픔이 배어 있었다.

3장

작별

1

티나에게

오래전부터 너에게 편지를 써야겠다고 생각했는데 이제야 펜을 잡았네. 사흘 전 새벽의 경험이 펜을 잡는 데 큰 역할을 한 것 같아. 그날 새벽 심장통증으로 눈을 떴을 때 창밖이 달빛으로 환하더구나. 끔찍한 통증 속에서 은빛 베일에 싸인 창밖 풍경이 나와는 상관없는 세계라는 사실과 함께 무엇인가가 감각되었어. 죽음이었단다.

살아오면서 죽음을 생각한 적이 더러 있었지만 그건 삶의 자리에서 생각한 죽음이었어. 죽음이라는 무서운 대상을 내세워 삶의 고통을 달래려 한 거지. 생각의 중심이 삶 쪽에 있었던 거야. 하지만 사흘 전 새벽에 감각된 죽음은 달랐어. 창밖 풍경이 나와 단절돼 있는 듯한 느낌이 들면서 그동안 나와 관계없는 거라고 여겼던 죽음이 내 안에 가득차 있다는 생각에 사로잡힌 거야. 지금 여기가 꿈속이 아니라는 생각과 함께.

그동안 살아오면서 견디기 힘든 일이 닥치면 '이건 꿈일 거야' 하고 난 생각했단다. 이 오래된 버릇은 어린 시절 경험한 환각에서 비롯된 거였어. 카트라는 식물을 아니? 아랍과 북아프리카 일부 지역에서 자라는 상록관목 식물인데, 잎이나 새싹을 씹어 먹으면 공복감과 갈증을 느끼지 못할 뿐 아니라 환각에 빠져든단다. 내가 태어나고 자란 하라르에는 카트 재배 농장이 여러 군데 있었어. 놀라는 너의 모습이 환히 보이네. 내 고향이 베를린이라 알고 있는 너로서는 놀랄 수밖에 없을 거야. 내가 옆에 있다면 이렇게 묻겠지. 하라르라니? 하라르가 어디야?

하라르는 커피 산지로 유명한 에티오피아 동부 고원 도시란다. 진작 너에게 말했어야 했는데 그렇게 하지 못한 건 내 삶을 어디서부터 어떻게 이야기해야 할지 몰랐기 때문이야. 구차한 변명으로 들리겠지만, 내 삶에 대해 이야기하는 게 정말 어려웠어. 차라리 몸속의 장기를 보여주는 게 더 쉽게 느껴질 정도였으니. 왜 그렇게 어려웠는지 모르겠구나. 부끄러움 때문이었을까? 열세 살 때 베를린에 살면서부터 나는 내가 태어나고 자란 곳이 하라르라는 사실과, 나를 낳은 분이 아비시니아인(당시는 에티오피아가 아니라 아비시니아라고 불렸단다)이라는 사실이 부끄럽게 느껴졌어. 그 때문에 아비시니아어를 그토록 빨리 잊어버렸는지도 몰라.

넌 지금 혼란에 빠져 있을 테지. 내 얼굴에 아프리카인의 특징이 보이지 않으니. 내 어머닌 사람들이 흔히 생각하는 아프리카 여자의 모습과는 많이 달랐어. 시아파 회교도가 다수인 하라르 사람들은 피부 색깔이나 이목구비가 여느 아프리카 사람들과는 차이가 있단다. 아라비아에서 이주해 온 부족의 후손이기 때문이지. 아비시니아는 아랍어로 '혼혈인'이란 뜻이야.

어머니는 얼굴색이 희고 우아했어. 키가 커서 멀리서 봐도 여느 여자들과 구분되었단다. 그런데다 아버지가 백인 남자였으니 백인처럼 생긴 딸이 태어난 거지. 하지만 난 아버지를 본 적이 없어. 내가 태어나기도 전에 유럽으로 떠나 돌아오지 않았으니까. 네 목소리가 들리는 듯하구나. 나도 아버지를 본 적 없다고 소리치는. 넌 사춘기로 접어들면서 아버지에 대해 묻는 걸 그만두었지. 그전에는 자주 물었었지. 집요하게. 그때마다 난 정직하게 대답하지 못했어. 네가 제대로 이해 못할까봐, 잘못 생각할까봐, 잘못 생각해서 나를 미워할까봐 불안했기 때문이었어. 그러다 물음이 뚝 끊겼지. 너의 침묵이 편하기도 했지만, 두려움이 훨씬 컸어. 침묵의 심연에 무엇이 숨쉬고 있는지 알 수 없었으니.

어머니는 아버지에 대한 것이라면 무엇이든 숨겼어. 아버지가 왜 돌아오지 않는 건지, 아니면 죽은 것인지도 말해주지 않았어. 믿어지지 않겠지만 난 아버지 사진을 본 적도 없을 뿐 아니라 이름조차 몰랐단다. 어머니가 아버지의 물건을 없애고 왜 이름까지 숨겨야 했는지는 나중에야 알게 되었지. 그건 주술사의 말 때문이었어. 아버지와 관련한 것은 모두 숨겨야 한다고 주술사가 말했거든. 그것들을 드러낼수록 아버지가 그만큼 위험해진다는 게 이유였어. 이해가 가니? 나도 이해할 수 없었는데 넌 더 그렇겠지.

김나지움 이학년 때 라틴어 선생님의 말씀 때문에 원시종교 연구서인 『황금 가지』를 읽은 적이 있어. 스코틀랜드 출신의 인류학자 프레이저가 지은 그 책이 1890년 런던에서 출판되었을 때 위험한 책으로 취급받았는데, 그 이유가 미개인의 관습과 믿음이 기독교의 근본 교리와 놀라우리만치 유사하고, 문명과 종교의 차이와 상관없이 인간이 지닌 본질적 공통성을 밝히고 있기 때문이라고 선생님이 말씀하셨거든. 책이 기대만큼 흥미롭지 않아 대강대강 읽던 중 어떤 문장이 눈에 들어왔어.

'애야, 하늘에 있는 새 이름을 말하면 안 된단다.'

문장의 내용이 묘해 앞부분을 읽었어.

'가족이 집을 떠난 아버지의 이름을 말하면 아버지가 위험해진다고 생각하기 때문에 아버지를 지칭해야 할 경우 하늘에 있는 새로 대신한다. 어린 자녀가 깜박 잊고 아버지 이름을 말하면 어머니는 이런 말로 꾸짖는다. 얘야, 하늘에 있는 새 이름을 말하면 안 된단다.'

그 글을 읽는데 누군가의 얼굴이 떠올랐어. 어머니였단다. 베를린에 살면서부터 차츰 멀어져 희미해져버린. 유럽에서는 잊어야 하는 얼굴이었으니까. 처음엔 왜 어머니의 얼굴이 떠올랐는지 몰랐는데 글의 맥락을 알고 나니 납득이 가더군.

프레이저에 따르면 말과 사물을 명확히 구분하지 못하는 미개인은 머리카락이나 손톱 등 신체 일부분과 마찬가지로 이름을 통해서도 상대방에게 주술을 걸 수 있다고 믿었어. 그러니까 누군가가 특정인의 이름을 악의적으로 다루면 그 사람의 신체를 훼손시킬 수 있다고 믿었던 거야. 아프리카 케냐 고지의 서부에 사는 난디족이 집 떠난 아버지를 하늘을 나는 새로 간주하는 이유는 그런 믿음 때문이라고 했어.

문제의 글을 읽었을 때 어머니의 얼굴이 떠올랐던 건, 어머니가 아버지의 이름을 숨긴 이유와 관계가 있으리라는 직관적 느낌 때문이었던 거지. 글의 맥락을 파악하자 그동안 이해할 수 없었던 어머니의 행위가 아버지를 보호하려는 간절한 마음의 표현일 수도 있겠다는 생각을 비로소 하게 되었단다.

우린 커피 농장에서 살았었어. 어머니는 인부들의 식사 준비와 빨래 등 농장 가사를 맡았지. 농장 주인은 석탄 광산도 운영하는 유럽인 사업가였어. 내 관심은 온통 농장 주인에게 쏠려 있었단다. 예멘 출신의 농장 관리인이 어머니에게 잘 대해주는 이유가 농장 주인과 아버지가 아는 사이이기 때문이라는 인부들의 말을 들었거든. 하지만 난 농장 주인을 보지 못했어. 농장 관리인도 농장 주인의 대리인과 접촉할 뿐 농장 주인을 본 적이 없다고 했어.

어머니는 밤에 카트를 자주 씹었어. 커피 농장 한쪽에 카트 밭이 있었거든. 달빛이 밝은 날에는 특히 많이 씹었어. 나는 평상시의 어머니보다 환각 상태의 어머니가 더 좋았어. 평상시와 전혀 다른 어머니의 표정과 행동에 불안해지기는 했지만 어머니가 행복해 보이고 평상시에는 하지 않던 사랑 표현을 적극적으로 해줬거든. 언젠가 어머니가 카트에 취해 아버지에 대해 이야기한 적이 있었어. 아버지가 지리학자여서 캐러밴과 함께 낙타를 타고 먼 곳으로 자주 떠났다면서, 여행에서 돌아오면 머리칼의 잿빛이 짙어져 있고, 검게 탄 얼굴이 유령처럼 말라 보였다고 혼잣말하듯 중얼거렸어.

내가 열 살 때인 1902년 7월이었어. 북쪽에서 짙은 구름이 지평선을 가리더니 마을 쪽으로 다가왔어. 그런데 다가올수록 마을이 어두워지는 거야. 그건 구름이 아니었단다. 메뚜기떼였어. 그날 밤 달이 무척이나 밝았어. 카트를 씹던 어머니는 늙은 낙타가 보인다면서, 낙타가 오래전에 떠난 집으로 가고 있다고 몽롱한 표정으로 말하더군. 내가 눈을 떴을 땐 아침이었고, 어머니는 집에 없었어. 언제 잠들었는지 기억이 나지 않았어. 어머니는 다음날에도 나타나지 않더구나. 농장 관리인이 사람을 풀어 어머니를 찾았지만 종적이 묘연했어. 메뚜기떼가 밭을 폐허로 만들면서 기근과 함께 전염병이 들이닥쳐 마을 여기저기서 사람들이 죽어나갔어.

어머니가 시신으로 발견된 것은 병의 기세가 수그러들던 9월이었어. 하라르에서 무려 삼백 킬로미터 떨어진 제일라 근처 마른강 하상에 파인 우물에서였어. 낙타도 식량도 없이 어떻게 거기까지 갔는지 믿어지지가 않았어. 하라르와 제일라 사이에는 고원과 사막과 늪지와 강과 모래 평원이 이어져 있거든. 어머니의 가느다란 몸은 바짝 말라 있었어. 바람과 햇빛에 말라버린 것 같았어. 사람이 죽으면 몸이 저렇게 된다는 사실이 무서웠어. 하지만 그보다 더 무서운 게 있었어. 어머니가 영원히 사라져 다시는 돌아오지 않는다는 사실 말이야. 어머니 없이 혼자서 밤을 보내야 한다고 생각하면 눈앞이 캄캄해졌어. 그 무서움 속에서 난 한 가닥의 희망에 매달렸어. 장례식 날에 아버지가 나타나지 않을까, 하는 희망이었어. 달콤한 희망이었지. 너무나 달콤해 몸이 금방이라도 녹아내릴 것 같은. 하지만 아버지는 물론 농장 주인도 나타나지 않았어.

그후 어머니가 보고 싶어질 때면 난 카트를 씹었어. 어머니 흉내를 내면 어머니가 나타날 것만 같았거든. 더욱이 카트는 어머니를 아름답게 변화시켰잖니. 환각 속에서 만난 어머니는 살아 있을 때보다 더 생생했어. 너무 생생해 어머니의 죽음이 꿈속의 일처럼 느껴질 정도였지. 어머닌 자신이 신의 정원에 있는 것처럼 황홀하게 춤을 췄어. 나도 황홀에 빠졌지. 어머니의 춤은 너무 아름다웠으니까.

그렇게 난 카트라는 마술적 사다리를 타고 환각과 현실 사이를 오갔어. 현실은 외롭고 무서웠지만 환각의 세계는 아름다운 색채와 완전한 움직임으로 가득차 있었어. 현실이 세상에서 벌어지는 일이라면 환각은 내 안에서 벌어지는 일이었지. 형태와 색채, 감각과 움직임이 내 안에서 흘러나왔어. 그 세계에서는 어머니와 내가 구분되지 않았어. 내가 어머니였고, 어머니가 나였지.

하지만 그런 생활은 오래가지 못했어. 농장 관리인에게 들켜버렸거든. 집안에 숨겨놓은 카트는 압수되었고, 카트 밭 주변에는 얼씬도 못하게 하더군. 천국의 시간을 빼앗긴 난 시름시름 말라갔어. 내 안의 어머니가 현실의 시간에 뜯겨져나가는 것을 무력하게 지켜봐야 했지. 그러던 어느 날, 나는 처음으로 죽음을 생각했단다. 어머니는 여기와 다른, 내가 모르는 매혹적인 어떤 세계에 살고 있을지도 모른다는 생각이 들면서 죽음이 무섭지만은 않게 느껴졌어.

그러다 1904년 2월, 농장 관리인에게 편지 한 통이 전해지면서 나는 커피 농장을 떠나게 돼. 농장 관리인은 나를 불러 편지를 보낸 이는 농장 주인이며, 이틀 후 편지 배달인이 다시 와서 나를 데려갈 것이니 떠날 준비를 하라고 말하더군. 난 가슴이 설렜어. 마침내 농장 주인을 만나는구나 생각했고, 어쩌면 그를 통해 아버지도 만날 수 있을지 모른다는 생각까지 했지.

이틀 후 나는 편지 배달인을 따라 제일라로 향하는 캐러밴에 합류했고, 제일라에 도착해서는 배를 타고 아덴으로 갔어. 하지만 배에서 내렸을 때 나를 맞이한 이는 농장 주인이 아니었어. 아비시니아어를 능숙하게 구사하는 독일인 수녀였지. 난 그녀에게 농장 주인에 대해 물었지만 그녀는 모른다고 대답했어. 희망이 절망으로 바뀌어버렸지. 그런 나를 독일인 수녀는 따뜻이 보살펴주더구나. 그녀의 따뜻함은 내가 수녀원 선교학교 생활을 해나가는 데 커다란 힘이 되었어. 나는 그녀에게 독일어와 교리를 배웠는데, 특히 독일어를 열심히 공부했단다. 혹시라도 아버지를 만나게 되면 대화를 해야 하니까. 절망이 어느새 다시 희망으로 바뀐 거지.

이듬해 10월 밝은 갈색 눈동자의 독일인 남자가 선교학교를 찾아왔어. 그러고는 한 통의 편지를 수녀원 원장에게 전달했는데, 농장 주인의 편지였어. 그러고 나서 사흘 후 나는 그와 함께 유럽행 배를 타고 십삼 일 만에 프랑스 마르세유에 도착했어. 다음날은 북쪽으로 가는 기차를 타고 파리에 내렸어. 호텔에 짐을 풀고 그를 따라갔는데 그곳은 루브르미술관이었단다. 난 깜짝 놀랐어. 상상 속에서나 가능했던 색채의 향연이 눈앞에 펼쳐졌거든. 그러다 그림의 색채들이 생명체처럼 움직인다는 느낌을 받으면서 낯섦의 충격 속에서도 어떤 기시감이 들었어. 기시감의 실체가 무엇인지 알게 된 것은 베를린에서였어. 다음날 파리에서 기차를 타고 도착한 도시가 베를린이었단다.

역을 나오니 거리에 어둠이 내리고 있었어. 우린 마차를 탔어. 그가 마부에게 행선지를 말했는데 다른 단어는 다 사라지고 '티어가르텐'이라는 말만 귓전을 맴돌더군. 동물원? 동물원에 가본 적은 없지만 선교학교에서 동물원이 어떤 곳인지는 배웠어. 보통의 열세 살 아이들에게 동물원의 이미지는 나쁠 턱이 없겠지만 난 달랐어. 그 말을 듣는 순간 동물원 철창 안에 있는 내 모습이 떠오르면서 부끄러움이 뒤섞인 두려움에 사로잡혔으니까.

마차는 수로의 가장자리를 따라 어스름을 가르며 달렸어. 먼데서 들려오는 듯한 마차의 바퀴 소리와 말발굽 소리가 어디로 가는지도 모르는 낯설고 긴 여행의 마지막 소리임을 느꼈지. 하늘을 채색한 황혼이 지면서 거리 풍경이 흐릿해졌어. 마차가 주택가 골목으로 들어갈 때 가스등이 켜졌는데, 그 순간 내 가슴 속에서도 불이 켜지면서 기시감의 실체가 떠올랐어. 어머니였어. 신의 정원에서 어머니가 춤출 때 물결처럼 일렁이던 치마의 다채로운 빛들과, 주름진 피륙을 적시던 별들의 빛이 기시감의 실체였던 거야. 그러자 신기하게도 안도감이 들면서 두려움이 스르르 사라지더군. 왜 안도감이 들었을까? 파리라는 문명의 도시가 어머니의 춤을 품고 있다는 것을 알았기 때문이 아니었을까.

독일인 남자를 따라 한 주택에 들어갔더니 나이든 여자가 우리를 맞이했어. 그녀는 현관에 엉거주춤 서 있는 나를 빤히 보더니 들어오라고 손짓했어. 그 손짓이 나를 받아들인다는 표현이었다는 건 나중에야 알았어. 마음에 들지 않으면 그 자리에서 돌려보내려 했다더군. 그날 이후 난 그녀가 세상을 떠난 1915년 4월까지 그녀의 수양딸 역할을 하며 티어가르텐 거리에 있는, 어둠이 내리면 가스등 불빛이 정원으로 어슴푸레 스며드는 집에 살았어.

베를린 토박이인 그녀는 스무 살 중반에 남편을 잃고, 서른다섯 살에는 하나밖에 없는 딸마저 잃은 후 혼자서 외롭게 살아온 분이었어. 그녀는 나를 공정하게 대했어. 공정하다는 것은 그녀를 위해 내가 한 일들에 대해 적절한 보상을 해줬다는 뜻이야. 그 덕분에 나는 김나지움은 물론 대학까지 졸업할 수 있었지.

나를 베를린 중산층 노인에게 수양딸로 보낸 농장 주인이 누구인지 넌 궁금하겠지. 난 두 사람이 무척 가까운 사이라고 생각했어. 가까운 사이가 아니라면 어떻게 나를 수양딸로 보낼 수 있겠니? 그래서 그녀에게서 농장 주인의 정체에 대해 어느 정도 들을 수 있으리라고 기대했지. 하지만 그게 아니었어. 농장 주인은 아비시니아에서 건축 사업을 하는 그녀 조카의 사업 파트너라더군. 그녀가 농장 주인에 대해 아는 것이라곤 조카의 편지에서 읽은 내용밖에 없었어. 독일어가 모국어인 스위스인이며, 아비시니아에서 다양한 사업을 하는 사람이라는 게 알고 있는 내용의 전부였어.

그러다 1909년 6월에 그녀의 조카가 갑작스럽게 죽었다는 내용의 편지를 받게 되었어. 교량 건설 현장을 감독하다가 사고로 죽었다는 거야. 그가 죽었다는 것은 농장 주인과의 연결 고리가 끊겼다는 의미이기도 했지. 그동안의 행적을 보면 농장 주인이 나를 찾아올 가능성은 거의 없다는 생각이 들더군. 무슨 까닭인지는 모르겠지만 그는 나에게 보이지 않는 존재가 되기를 원하는 듯했어. 어머니가 아버지를 감췄듯 그는 스스로를 감추는 것 같았거든. 아무튼 그 죽음은 상실감과 안도감이라는 서로 모순되는 감정을 동시에 불러일으켰어. 아버지로 이어지는 길이 사라졌다는 데서 기인한 상실감과, 나와 아비시니아의 관계가 완전히 단절되었다는 데서 비롯된 안도감이었어. 나에게 어머니는 그리운 존재이면서 부끄러운 존재였던 거야.

지금까지의 이야기가 네 아버지에 대해 말하기 위한 징검다리임을 넌 알았을 거야. 사람과 사람이 만나 특별한 관계가 된다는 것은 두 사람의 생애가 서로에게 흘러들어 뒤섞인다는 뜻이라고 생각해. 그러니 내 생애를 말하지 않고서 어떻게 너의 아버지에 대해 말할 수 있겠니?

내 어머니와 아버지의 생애는 어떤 형태로 섞였을까? 어머니가 아버지를 숨긴 행위의 의미를 짐작하면서부터 나에게 어머니를 향한 새로운 감정이 생겨났어. 경멸이었어. 왜 경멸이었을까? 이 질문을 하지 않을 수 없어. 김나지움을 졸업하고 대학에 들어간 이후 어머니를 경멸한 내가 부끄러워지기 시작했기 때문이야. 베를린 토박이의 딸로부터 아비시니아 출신 어머니를 떼어놓기 위해 무의식적으로 끌어낸 감정이었음을 깨달았던 거지. 그렇다고 이유도 없이 경멸하지는 않았어. 찾아낸 이유는 그럴듯했어. 어머니가 삶의 중심을 아버지에게 둠으로써 어머니 스스로 지키고 누려야 할 삶의 자유를 상실했다는 게 이유였어. 그럴듯하지 않니? 삶의 자유를 상실한 어머니를 경멸해야 한다고 일기장에 또박또박 적는 열아홉 살 소녀의 모습이 어렴풋이 떠올라.

2

책상에 앉아 마르타가 티나에게 쓴 편지를 읽던 카네티는 참기 힘든 갈증을 느끼고는 힘겹게 일어섰다. 방안이 어스레했다. 물컵을 어디에 두었는지 몰라 주위를 두리번거리다 창턱에서 발견했다. 남은 물을 마시고는 커튼을 걷고 창문을 열었다. 정오 무렵부터 부슬부슬 내리던 비가 진눈깨비로 바뀌어 있었다. 뜰에 서 있는 라일락나무를 보았다. 티나가 좋아하는 나무였다. 나무 아래 의자에 앉아 책을 읽던 티나의 모습이 떠오르면서 카네티는 눈시울이 뜨거워졌다.

이틀 전 프라하 주재 쿠바 대사관에서 전화가 왔다. 아바나에서 온 누군가가 긴요한 용무가 있어 만나길 원한다며 가능한 시간을 알려달라고 했다. 오늘 오후 두시에 집으로 온 이는 말쑥한 양복 차림의 청년이었다.

"저는 코만단테 체 게바라를 오랫동안 모셔왔습니다."

나직하지만 명료한 목소리였다. 가슴에 둔중한 통증이 일었다. 약 한 달 전인 1967년 10월 10일, 체가 죽었다는 소식을 신문을 통해 접했다. 볼리비아의 도시 바예그란데의 지역 병원 세탁실에 누워 있는 체의 사진이 신문에 실려 있었다. 리오그란데강 북쪽 라이게라 근처에서 벌어진 볼리비아 정부군과의 전투 도중 입은 부상으로 죽었다고 했다. 체는 죽었음에도 두 눈을 뜨고 무언가를 보는 듯했다. 맨발에 상의는 입지 않은 채였고, 피에 젖은 올리브색 바지는 몹시 구겨져 있었다.

처음엔 머릿속이 하얘지면서 아무것도 생각할 수 없었다. 그러다 이게 사실일까? 하는 의문이 들었다. 체가 공식석상에서 사라진 후 체의 죽음을 알리는 뉴스들이 보도되긴 했지만 체의 시신 사진이 신문에 실린 것은 처음이었다. 하지만 체가 죽은 게 사실이라면 그것이 티나에게는 어떤 영향을 미칠까, 라는 염려가 곧이어 일었다. 고개를 세차게 저었다. 티나는 볼리비아 독일 이민자 사회에서 활동한다고 체는 말했었다. 그의 말이 맞는다면 티나가 게릴라 대원일 가능성은 없었다. 카네티는 체가 거짓말을 했을 거라는 생각은 들지 않았지만 그럼에도 마음에 걸리는 것이 있었다. 게릴라 활동을 지원하는 도시 조직이었다. 티나가 도시 조직의 일원일 가능성까지 배제할 수는 없었다. 볼리비아 당국은 게릴라의 존재를 확인한 순간 게릴라와 연계된 도시 조직 색출에 나섰을 것이다. 카네티가 불안한 건 그 점 때문이었다.

체의 죽음이 공식화된 것은 10월 15일 피델 카스트로의 텔레비전 연설을 통해서였다. 피델은 체의 죽음을 "고통스럽지만 사실"이라고 밝히며 사흘 동안의 국장을 선포하고 체가 마지막 전투를 벌인 10월 8일을 '게릴라 영웅의 날'로 정했다. 10월 18일에는 아바나 혁명광장에서 철야 추도식을 가졌다.

카네티는 티나의 연락을 초조히 기다렸지만 연락은 좀처럼 오지 않았다. 알아볼 수 있는 데가 없어 가슴이 타들어갔다. 11월로 접어들자 더이상 견디기 힘들어 프라하 주재 쿠바 대사관을 찾았지만 모른다는 말만 들어야 했다. 그로부터 일주일 후 쿠바 대사관에서 전화가 온 것이었다.

"전 코만단테가 돌아가실 수 있다는 생각은 못했습니다. 저에게 그분은……"

청년은 말을 잇지 못하고 시선을 내려뜨렸다. 청년의 안색이 차츰 창백해져갔다. 잠시 후 그는 마음을 가다듬은 듯 시선을 올렸다.

"코만단테는 아바나에서 볼리비아로 떠나는 날 가족과 점심을 함께 했습니다. 아이들은 코만단테를 알아보지 못했습니다. 정수리 부분의 머리카락을 뽑아 머리가 벗어진 늙은 남자로 변장했으니까요. 코만단테가 그렇게 변장할 수밖에 없었던 것은 미국 CIA는 물론 코만단테의 입국을 두려워하는 라틴아메리카 정부들이 코만단테의 초상화를 공항과 국경 초소에 배포했기 때문입니다."

카네티는 청년이 왜 이런 말을 하는지, 이 말이 티나의 안위와 어떤 관계가 있는지를 헤아리며 그의 표정을 살폈다.

"아이들에게는 아버지와 친한 우루과이 사람으로 소개했습니다. 아이들이 누군가에게 아버지를 보았다고 말했다가 위험한 상황이 발생할 수도 있기 때문에 그런 아픈 만남을 가져야 했습니다. 가족과 작별하고 공항으로 간 코만단테는 저를 따로 불러……"

청년은 심호흡을 했다.

"라파스 조직에 위험한 일이 생기면 티나를 조직에서 즉시 분리시켜 프라하의 쿠바 대사관으로 보내라고 지시했습니다."

"그렇다면 티나는 지금 프라하에 있소?"

카네티가 기대에 찬 목소리로 묻자 청년은 고개를 떨궜다.

"티나는……"

청년은 말을 잇지 못했다. 감정을 제어하려고 애를 쓰는 기색이 역력했다. 카네티는 자신도 모르게 양손을 움켜쥐었다. 움켜쥔 손이 부들부들 떨렸다.

"전사했습니다."

"전사라니? 그게 무슨 말이오?"

전사라는 말이 너무 비현실적으로 들려 청년의 말을 잘못 들은 게 아닌가 하는 의심마저 일었다.

"8월 31일 게릴라 대원 일부가 리오그란데강 하류에서 볼리비아 정부군의 기습공격을 받았습니다."

"티나가 거기에 있었단 말이오?"

"네."

청년은 고개를 숙인 채 들릴 듯 말 듯 한 목소리로 대답했다.

"당신들이 잘못 알고 있는 게 아니오? 티나의 임무는 게릴라 활동이 아닌 걸로 아오. 라파스 조직이 위험해지면 티나를 프라하로 보내기로 했다고 방금 당신도 말했잖소."

카네티는 청년이 무슨 말을 할지 두려웠다. 심장의 고동이 격심해지면서 숨쉬기가 힘들었다. 빗소리가 어렴풋이 들려왔다. 어스레한 방에서 들리는 빗소리가 먼 행성에서 들려오는 듯 낯설었다.

"선생님 말씀이 맞습니다. 티나의 활동 영역은 라파스였습니다.

하지만 불가피하게도 티나가 길을 모르는 외부인을 게릴라 캠프로 데려다줘야 하는 상황이 발생하고 말았습니다."

"티나의 임무가 사람을 데려다주는 것이라면 그 일이 끝난 뒤 왜 곧바로 캠프에서 나오지 않았소?"

카네티의 다급한 물음에 청년은 괴로운 표정을 지으며 입술을 깨물었다.

"캠프로 들어간 시기가 좋지 않은데다 불운이 겹쳐……"

청년의 말에 따르면 3월 초 티나가 두 명의 외부인과 함께 캠프에 도착했을 때 체는 없었다고 했다. 캠프에 소수의 인원만 남겨두고 원정을 떠난 것이었다. 그로부터 며칠 후 볼리비아인 자원병 두 명이 사냥하러 나갔다가 정부군에 붙잡히는 바람에 게릴라의 존재가 노출되었고, 체가 캠프로 돌아왔을 때는 정찰비행기가 캠프 주변 하늘을 선회하고 있었다고 했다.

"캠프로 돌아온 코만단테는 티나를 보자 크게 화를 냈습니다. 티나가 처음 외부인을 데리고 캠프에 왔을 때 다시는 이런 임무를 맡지 말라고 엄명했기 때문입니다. 티나는 마땅한 사람이 없어 자신이 지원했다면서 코만단테가 자신의 안전에 지나치게 예민하게 반응한다고 항의했다고 합니다."

체가 돌아온 지 며칠 안 되어 정부군이 나타나 전투가 벌어졌다. 체의 부대는 다수의 무기와 함께 정부군 작전 계획 서류를 획득했는데, 서류에서 정부군이 두 갈래로 진군해 오고 있음을 확인했다. 게릴라 전쟁의 기반을 구축하기도 전에 정부군의 전면 공세에 직면하게 된 것이었다. 게다가 동굴의 습기로 무전기가 고장나 수신은 가능하나 송신이 불가능한 상황이었다.

"그런 상황에서 마을 차고에 은닉해둔 티나의 지프차가 정부군에 발각되었고, 지프차 안에 둔 신분증명서 때문에 티나의 위장 신분 사실이 들키게 되었습니다. 캠프를 나가게 되면 오히려 더 위험해지는 상황에 빠진 것입니다."

체는 이동속도를 높이고 정부군의 전력을 분산시키기 위해 부대를 둘로 나누었다. 티나를 포함해 상대적으로 전투력이 떨어지는 아홉 명을 뽑아 그들의 지휘권을 체가 신뢰하는 호아킨에게 맡기면서 가능한 한 전투를 피하라고 했다. 곧 합류할 계획이었지만 정부군과의 잦은 전투로 이동경로를 벗어나게 되었고, 연락 수단이 없었던 두 부대가 서로를 찾으려고 절박하게 움직이는 상황이 오래 지속되었다.

"8월 31일 호아킨 부대는 농민 협력자 로하스의 집에 도착했습니다. 하루만 지나면 체의 부대와 조우할 수 있는 곳에 이른 것입니다. 휴식을 마친 그들은 로하스의 안내로 리오그란데강 하류로 내려가 강을 건넜습니다. 그때 매복중이던 정부군이……"

청년은 말을 잇지 못하고 고개를 숙였다.

"어쩌다 그런 상황이 되었소?"

카네티는 떨리는 목소리로 물었다. 목소리가 제대로 나오지 않았다. 목에 가시가 박힌 듯했다.

"로하스가 정부군에게 회유당했던 것입니다."

"당신들은 그 사실을 어떻게 알았소?"

카네티는 뚫어질 듯 청년을 보며 물었다. 어쩌면 쿠바 당국의 정보가 틀렸을 수도 있다는 생각이 머릿속을 빠르게 맴돌았다.

"저희들의 조직과 연결된 볼리비아 농부가 로하스에게서 직접 들었습니다. 대열 맨 앞의 호아킨과 맨 뒤의 티나가 집중사격의 첫 표적이 되었다고 합니다."

눈앞이 흐려지면서 피투성이가 된 티나의 육신이 환영처럼 떠올랐다. 머릿속에서 불길이 이는 듯했다.

"시신은…… 발견되었소?"

카네티는 차마 입 밖에 낼 수 없던 말을 어렵게 한 후 청년을 주시했다. 그가 간절히 원한 것은 시신이 발견되지 않았다는 대답이었다. 가느다란 희망이라도 붙잡아야 했다. 그의 삶에서 티나는 마지막 빛이었다.

"티나는…… 며칠 후……"

청년은 머뭇머뭇 말했다.

"강 하류에서 발견되었습니다."

문이 닫히는 소리가 들렸다. 빛을 차단하는 문이었다. 눈앞이 캄캄해지면서 아무 생각도 떠오르지 않았다.

"티나의 시신은……"

청년의 목소리가 떨렸다.

"죽은 게릴라의 흔적을 남기지 말라는 볼리비아군의 공식 결정에 따라 비밀리에 매장되었습니다."

매장이라는 말이 못이 되어 카네티의 가슴에 박혔다. 티나의 육신이, 그 눈부신 생명체가 캄캄한 땅밑에 파묻혀 흔적도 없이 사라졌다는 사실이 믿기지 않았다.

"티나의 유품을 가지고 왔습니다."

청년의 목소리가 먼 곳에서 들려오는 듯했다. 카네티는 입을 약간 벌린 채 멍하니 청년을 보았다. 청년은 가방 안에서 무언가를 꺼내 탁자에 놓았다. 오래돼 보이는 아랍어 사전과 편지였다. 티나가 쓴 편지이리라는 생각이 들어 카네티는 편지를 펼쳤다. 하지만 티나의 편지가 아니었다. 티나가 마르타에게서 받은 편지였다. 새로운 고통이 일었다. 티나를 향한 마르타의 사랑, 깊이를 알 수 없는 그 사랑이 불러일으키는 고통이었다. 이제 나는 오랫동안, 아니 죽는 순간까지 고통받을 것이다. 측량이 불가능한 고통을.

"이 유품이 어떤 과정을 거쳐 당신에게 전달되었소?"

빗소리가 세차게 들리면서 창문이 덜컹거렸다.

"티나가 아바나에서 라파스로 떠나기 전에 저에게 맡겼습니다."

청년의 말에 카네티는 혼란스러워졌다.

"당신에게 맡긴 특별한 이유가 있었소?"

"제가 티나를 처음 만난 건 1960년 6월 베를린에서였습니다.

코만단테의 지시를 받아 쿠바 통상 대표단으로 베를린에 갔을 때 통역사가 티나였습니다."

"티나의 편지를 체에게 전했다는 이가 당신이었소?"

"네."

청년의 눈이 반쯤 감겨 있었다.

"전…… 티나를 사랑했습니다."

청년은 겨우 들릴 만한 작은 목소리로 말했다.

"언젠가부터 티나가 저의 일부처럼 느껴졌습니다. 아니, 티나가 저 자신보다 더 소중하게 여겨졌습니다. 티나 속에 깃든 제 모습이 실제의 저보다 훨씬 더 좋았기 때문입니다."

카네티에게 사랑이란 시간의 막막한 바다 위에 떠 있는 몇 점의 불빛 같은 것이었다. 지나간 생애의 물결을 볼 수 있는 것은 몇 점의 그 불빛 때문이었다. 그 불빛들이 흐려지면서 삶이 컴컴해지고 있을 때 새로운 불빛이 비쳤다. 티나였다. 삶의 물결에 새로운 색채가 비치면서 늙은 그의 가슴은 다시 설레기 시작했다. 그 눈부신 존재가 사라질 수 있다는 사실을 까맣게 모른 채. 남은 생애가 캄캄한 심연에 가차없이 내던져진 느낌이었다.

"당신의 사랑이 티나에게 어떤 소용이 있었소?"

카네티는 중얼거리듯 물었지만 청년을 향한 물음만은 아니었다. 자신을 향한 물음이기도 했고, 냉혹한 운명을 향한 물음이기도 했다. 고개를 푹 숙인 청년의 모습에서 고통이 느껴졌다. 고통은 움직임이 전혀 없는, 숨조차 쉬지 않는 것 같은 청년의 몸에서 생명체처럼 움직였다. 그런 청년의 고통에서 카네티는 자신의 고통을 보았다. 청년의 고통이 자신의 고통과 구분되지 않았던 것은 고통의 중심에 티나가 있었기 때문이다. 그것을 깨닫는 순간 카네티는 청년의 내면을 들여다보고 싶은 충동이 일었다.

"체는 당신과 티나의 관계를 알고 있었소?"

"모르셨을 거라고 생각합니다만……"

목이 멘 소리였다. 엄격한 표정 속에 천진한 아이 같은 표정을 지닌 체의 얼굴이 떠올랐다. 체의 꿈은 완전했다. 하지만 세상과 인간은 완전을 견디지 못한다. 체 역시 그런 세상과 인간을 견디지 못했다. 이 세상에서 체가 죽음을 피할 길은 없었다. 체의 그런 운명을 티나는 얼마나 알고 있었을까.

"체가 볼리비아로 잠입하기 전에 티나는 어떤 일을 했소?"

"코만단테의 대원들이 볼리비아에서 활동하려면 위조 신분증과 서류들이 필요합니다. 그것들을 만드는 데 티나가 중심 역할을 했습니다."

"티나가 어떻게 그런 일을 할 수 있었소?"

티나의 활동이 체와 그렇게 직접적으로 이어져 있을 줄은 생각도 못했다.

"아르헨티나 인류학 연구자로 위장한 티나는 라파스 정치 외교계의 중요한 인사들을 포섭하는 일에 뛰어난 능력을 발휘했습니다. 볼리비아 대통령의 언론 담당 비서까지 티나의 인맥에 들어왔습니다."

티나가 낯설었다. 카네티는 그동안 자신이 티나에게서 보고 싶은 부분만 보려고 했는지도 모른다는 생각이 들었다. 정말 중요한 것은 외면한 채. 아버지가 부재한 삶의 낯섦과 결핍을 메워준 것이 공산주의 사상이었다는 티나의 말이 아프게 떠올랐다.

"티나가 캠프에 데려갔던 두 사람은 어떻게 되었소?"

"밖으로 빠져나가려다 정부군에 체포되어 지금 볼리비아 감옥에 있습니다."

"어떤 사람들이오?"

"쿠바혁명을 적극적으로 지지한 프랑스인과 아르헨티나인입니다."

"혹시 그 프랑스인의 이름이 드브레이오?"

"맞습니다."

카네티는 언론 보도를 통해 드브레를 알았다. 프랑스의 젊은 마르크스주의 이론가인 드브레는 볼리비아 군사법정에서 재판을 받게 되면서 사르트르, 러셀 등 유럽 지식인들의 구명운동 대상이 되어 언론의 조명을 받아왔다. 그가 프랑스 철학자 알튀세르의 제자라는 사실도 카네티의 관심을 끌었다.

"아르헨티나인은 어떤 사람이오?"

"코만단테를 만나기 전에는 화가로 활동했습니다."

"볼리비아 정부군에 게릴라의 초상화를 그려주었다는 사람이오?"

"네."

"이름이 무엇이오?"

"부스토스입니다."

"그 화가 때문에 체의 존재가 알려졌다는 소문이 맞소?"

"저희들은 그렇게 생각하지 않습니다. 체포 직후 부스토스는 자신이 정치범 인권을 취재하러 온 기자이며 게릴라들을 우연히 만났을 뿐이라고 주장해 신원이 드러날 때까지 이십여 일 동안 시간을 끌었습니다. 드브레의 상황은 달랐습니다. 그의 저서 『혁명의 혁명』은 코만단테가 주창한 게릴라 전쟁의 이론적 바탕을 제공하는 책입니다. 드브레는 그 책을 코만단테에게 직접 헌정했습니다. 이런 이유로 볼리비아군이 드브레를 집중적으로 심문했을 가능성이 높습니다. 볼리비아군이 부스토스에게 초상화를 요구한 것은 그동안 확보한 증거물과 자백을 확인할 필요가 있었기 때문이 아닐까 합니다."

"드브레가 실토했다고 생각하는 거요?"

"드브레는 견딜 수 있을 때까지 최대한 견뎠을 것입니다. 부스토스도 마찬가지였을 겁니다. 코만단테 부대가 비극을 맞이한 건 특정 개인의 책임이라기보다 여러 상황들이 축적되었기 때문이라고 보는 것이 합리적입니다."

"캠프에 들어온 두 사람은 왜 다시 외부로 나가려고 했소?"

"코만단테는 드브레가 게릴라의 역할보다 유럽 연대운동을 통해 해방운동의 당위성을 국제사회에 알리는 실천적 지식인의 역할을 하는 게 더 낫다고 생각했습니다. 그리고 부스토스의 활동 영역은 볼리비아가 아니었습니다. 그는 다른 일 때문에 코만단테의 캠프를 찾았습니다. 코만단테의 시선은 볼리비아 너머를 향하고 있었습니다."

"아르헨티나를 말하는 거요?"

"그럴 수도 있겠지요."

청년은 조심스럽게 대답했다.

"티나가 캠프에 처음 갔을 때가 언제요?"

"작년 12월 말입니다."

"누구를 데리고 갔소?"

"볼리비아 공산당 지도자 몬헤입니다."

"그 사람은 왜 캠프에 갔소?"

"코만단테의 게릴라 활동에 있어 볼리비아 공산당의 협조를 받는 게 대단히 중요했습니다."

"협조가 잘 안 됐다는 말로 들리오."

"쿠바 미사일 사건 이후 모스크바는 라틴아메리카 문제에 개입하지 않겠다는 협정을 워싱턴과 맺었습니다. 몬헤의 입장에서 당의 후견인 역할을 하는 모스크바를 거스르기가 힘들었을 것입니다. 그 결과 코만단테 부대는 외부와의 연결이 끊어지면서 물자 보급까지 중단되는 심대한 타격을 입었습니다. 그래서 저희들은 코만단테의 죽음을 CIA와 KGB의 합작품이라고 생각합니다. CIA는 볼리비아 대통령궁에 상주하면서 볼리비아군을 움직였습니다."

"체는 어떻게 죽었소?"

카네티는 체가 부상이 심해서 죽었다는 볼리비아 당국의 발표를 믿지 않았다.

"코만단테는 허벅지에 총상을 입은 상태에서 10월 8일 오후 세시 무렵 볼리비아군에 체포되어 근처 작은 학교에 감금되었습니다. 그날 밤 늦게 볼리비아 주재 미국 대사로부터 메시지를 받은 바리엔토스 볼리비아 대통령은 다음날 아침 서둘러 참모 회의를 소집해 군사령관에게 지침을 내렸습니다. 잠시 후 군사령관은 암호로 된 사형 집행 명령서를……"

청년은 입술을 깨물며 허공을 보았다. 어깨가 가늘게 떨리고 있었다.

"현지 지휘관에게 보냈습니다. 그리고 오후 한시 조금 넘어 코만단테는 학교 교실에서 처형당했습니다. 시신은 인근 도시인 바예그란데로 이송되어 그날 저녁부터 다음날까지 공개된 후 어딘가에 매장되었습니다."

청년의 목소리에 울음이 섞여 있었다. 노트르담성당의 생드니 석상을 보면서 잘린 목을 가슴에 품고 전선에 선 혁명가를 생각했다는 체의 말이 아프게 떠올랐다.

"체는 티나의 죽음을 알았소?"

"호아킨 부대의 비극을 라디오로 들었을 것입니다. 볼리비아 당국이 군의 사기를 높이기 위해 대대적으로 선전했으니까요."

"난 지금도 티나의 죽음이 받아들여지지가 않소. 죽음의 흔적조차 확인할 수 없으니……"

카네티는 이층에 있는 티나의 방이 생각났다. 주인이 잘 찾지 않는 방이었지만 언제 불쑥 나타날지 몰라 정기적으로 청소했다. 잠이 안 오거나 마음이 산란해지면 티나의 방에 들어가 잠을 청하고 티나의 물건들을 뒤적거리곤 했다. 그러면 묘하게도 잠이 잘 왔고 마음이 평안해졌다. 하지만 이제는 그전처럼 티나의 방에 들어갈 수 없을 것이었다. 카네티는 목이 죄이는 듯한 고통을 느꼈다.

"저도 그런 느낌이……"

청년의 두 눈에서 눈물이 주르르 흘렀다. 카네티는 그의 얼굴을 가만히 보았다. 청년의 눈물에 시신 같던 자신의 몸이 조금은 따뜻해지는 듯했다.

"언젠가 티나가 나에게 말했소. 사람이 죽는 이유는 누군가가 태어나야 하기 때문이라고 말이오. 왜 그런 생각을 하게 되었느냐고 물었더니 티나 어머니가 죽기 며칠 전 티나에게 그렇게 말했다고 했소. 티나는 그때는 흘려들었지만 어머니가 죽고 난 후로는 어머니의 죽음으로 태어날 생명체를 자주 생각하게 되었다고 하면서, 그것이 어머니의 죽음으로 인한 괴로움을 견디는 가장 좋은 방법이었다고 했소."

카네티는 티나를 처음 보았을 때의 모습을 떠올렸다. 티나는 반쯤 눈을 감은 채 비스듬한 시선으로 자신을 보았다. 짧게 깎은 머리칼이 이마를 살짝 덮었고, 얇은 입술은 고집스럽게 닫혀 있었다.

"그러고는 덧붙였소. 자신의 죽음으로 태어날 생명체가 참 궁금하다고 말이오."

강물이 흘러가는 소리가 들렸다. 강물에 말갛게 씻긴 티나의 몸이 강물과 함께 어디론가 흘러가고 있었다. 먼 곳에서 새의 날갯짓 소리가 어렴풋이 들려왔다. 사막을 가로지르며 티나의 희디흰 몸을 향해 날아가는 새였다.

3

어머니를 경멸해야 한다고 일기장에 또박또박 적은 열아홉 살 소녀의 가슴속에 지워지지 않는 길이 있었어. 하라르에서 제일라로 가는 길이었지. 그 길은 열두 살 소녀가 아프리카에서 유럽으로 간 길이고, 아버지가 어머니를 버리고 간 길이었어.

하라르에서 제일라에 이르는 여정은 낯설고 두려우면서도 경이로웠어. 내가 탄 낙타의 안장에는 여느 안장과 달리 손잡이가 있었어. 그것을 꽉 잡고 있으면 떨어질 염려가 없었지. 뜻을 알 수 없던 다양한 목소리와 슬픈 노래, 캄캄한 밤에 들려오던 자칼과 하이에나의 울음소리가 지금도 들리는 것 같아. 모래에 비친 낙타들의 그림자도 보여. 나에게 가장 충격적이었던 것은 아랍인 노예 상인에게 끌려가던 어린 소녀의 모습이었어. 나보다도 어려 보이는 소녀가 노예로 팔려가는 광경이 불러일으키는 절망스러운 공포, 삶의 무서움을 뼛속 깊이 환기하는 그 공포가 나를 기진맥진하게 만들었어.

그로부터 이십오 년이 지난 1929년 가을, 나보다 훨씬 먼저 그 길을 간 어떤 사람의 행적이 나를 놀라게 했어. 그 사람이 내가 그리워한 아버지가 아닐까, 하는 예감 때문이었단다. 너에게 종종 베를린 말리크출판사에 근무했던 시절에 대해서 이야기했지만 네 아버지에 대해선 이야기하지 않았지. 이제 말할게. 우리는 말리크출판사에서 함께 일했어. 네 아버지 이름은 엘리아스 카네티야. 문학 인명사전을 들추어보렴. 네 아버진 작가니까.

우리가 말리크출판사에서 만난 건 1928년 7월이었어. 당시 말리크출판사는 영어 텍스트를 독일어로 번역하는 사람이 필요했는데, 엘리아스가 그 일을 맡은 거야. 시를 쓰며, 독일어, 영어, 스페인어, 프랑스어에 능통하다는 사실이 알려져 출판사 사람들의 관심을 끌었단다. 당시 엘리아스는 빈대학에서 화학을 전공하던 학생이라 방학이 끝나는 9월 말까지만 근무하기로 했어.

엘리아스의 독일어 문장은 뛰어났어. 출판사를 집처럼 드나들던 브레히트가 엘리아스의 문장에 매료돼 술자리에 자주 불렀을 정도였단다. 브레히트의 말로는 스물셋의 나이로는 도저히 쓸 수 없는 문장이라고 했어. 칭찬에 인색한 브레히트가 그런 말을 했으니 출판사 사람들이 놀라지 않을 수 없었지.

엘리아스는 유별난 구석이 있었어. 내가 그에게 화학을 전공한 이유를 물었더니 그는 누구에게도 말해서는 안 되는, 그래서 누구에게도 말한 적이 없는 것을 묻고 있다고 하면서, 남이 들으면 안 되는 것처럼 목소리를 죽여 말하더군. 그 자리엔 우리 둘밖에 없었는데 말이야. 어리둥절해하는 내게 그는 카프카가 보험회사에 다닌 이유를 아느냐고 묻더군. 생계 때문이 아니냐는 내 대답에 엘리아스는 그건 일차적인 이유일 뿐이라며, 그 이면에는 심층적이고 특수한 이유가 숨어 있다고 했어. 자신이 화학을 전공한 이유도 그것과 같다고 덧붙이더구나. 난 그게 무엇이냐고 물었지. 그랬더니 엘리아스는 내부의 황금을 지키기 위해 남루한 외부의 옷이 필요했다고 대답했어. 오디세우스가 고향 이타카로 돌아갈 때 거지 옷을 입은 것과 마찬가지라고 하면서. 난 엘리아스에게 그가 지키려는 내부의 황금이 무엇인지 물었어. 시라고 대답할 줄 알았는데 그는 다시 목소리를 죽여 인류를 전쟁에서 구원할 수 있는 책이라고 대답하더군. 어떤 책이길래 인류를 전쟁에서 구원할 수 있느냐고 물었더니, 지금 내부에서 생성중이라 아직은 알 수 없다고 엘리아스는 속삭이듯 말했어.

이해할 수 없던 건 그뿐만이 아니었어. 브레히트를 향한 엘리아스의 적의도 유별스러워 보였어. 나무를 긁는 듯한 목소리가 귀에 거슬린다, 푹 팬 검은 눈으로 사람을 헤아리듯이 보는 모습이 전당포 주인 같다, 사람을 자신을 위한 도구로 보기 때문에 사용가치가 없으면 가차없이 버릴 것이다 등등 기회만 있으면 브레히트에 대해 나쁜 감정을 표출했거든. 언젠가 술자리에서 엘리아스는 브레히트에게 "나는 돈을 위해 글을 쓰지 않을 것이며, 내가 쓰는 모든 글에 내 전부를 걸 것"이라고 말하기까지 했어. 난 가슴이 조마조마했어. 신문과 잡지의 원고 청탁을 거절하지 않는 브레히트를 겨냥한 말이었으니까. 브레히트는 빙긋 웃으며 "나는 돈을 위해 글을 쓰지만 그 글에도 내 전부를 걸지"라고 응수하더군. 브레히트다운 말이었지.

그러던 어느 날이었어. 퇴근하려는데 갑자기 비가 내려 난감해하는 나에게 엘리아스가 정류장까지 데려다주겠다고 하더군. 우리는 함께 우산을 쓰고 밖으로 나갔어. 그는 정류장 조금 못 미쳐 있는 카페 앞에서 걸음을 멈추더니 따뜻한 커피를 마시고 싶지 않으냐고 물었어. 몸이 으슬으슬 추운데다 나에게 할말이 있는 것 같기도 해서 카페로 들어갔지. 하지만 엘리아스는 어두운 표정으로 커피만 마실 뿐 좀처럼 말을 하지 않았어. 무언지는 모르지만 하기 힘든 말이 있구나, 생각하면서 창밖을 보고 있는데 그가 불쑥 브레히트를 사랑하느냐고 물었어. 그 말을 하는 엘리아스의 안색이 창백했고, 커피잔을 쥔 손이 떨리고 있었어. 가슴이 철렁했지. 그가 나에게 사랑의 감정을 품고 있는 줄은 전혀 몰랐으니까. 그런 엘리아스의 모습이 낯설기도 하고, 안쓰럽기도 하고, 다정스럽기도 했어. 감정의 혼란 속에서 한 가지만은 명료하게 인식되더군. 그의 물음에 정직하게 답해야 한다는 것 말이야. 나는 브레히트의 문학적 예지력과 열정을 좋아하고 높이 평가하지만 사랑의 감정은 전혀 없다고 말했지. 그러자 어두웠던 엘리아스의 표정이 환해졌어.

그날 이후 우리는 가까워졌단다. 하지만 난 엘리아스와 일정한 거리를 두었어. 당시 그는 스물세 살이었고, 난 서른여섯 살이었어. 그가 나를 떠날 것임을, 스물세 살의 청년이 겪게 되는 사랑의 어떤 층위에 내가 우연히 들어갔을 뿐임을, 훗날 그에게 나는 추억의 대상이 될 뿐임을 알고 있었기 때문이야.

어린 시절부터 나에게 아버지는 꿈의 존재였단다. 별빛처럼 멀게 느껴지면서 동시에 내 안에서 태아처럼 숨쉬는, 내가 거부되고 버려졌다는 고통을 불러일으키는 존재이면서 그리운 연인이기도 한. 선교학교에서 지내는 동안 가장 친숙하게 다가온 것은 기도였어. 기도가 보이지 않는 신에게 말을 건네는 행위라면 그전부터 나는 보이지 않는 아버지에게 끊임없이 말을 건넸던 거니까.

커피 농장을 떠나기 위해 집을 정리할 때 벽장 깊숙한 곳에서 아랍어 사전 한 권을 발견했어. 오래되어 변색된 상태였지. 프랑스 출판사에서 만든 책이라는 농장 관리인의 말을 듣는 순간 난 그 사전이 아버지의 것임을 직감했단다. 아버지의 물건들은 전부 불에 태우거나 땅에 묻은 어머니가 왜 그것만 벽장 깊숙이 숨겨놓았는지는 알 수 없었지만.

아랍어 사전을 보면서 내가 가장 궁금해한 것은 사전 곳곳에 메모되어 있는 깨알같은 글씨였어. 책의 주인이 메모한 것일 테니까. 그런데 군데군데 필체가 다른 글씨가 있었어. 주인이 두 사람이었던 거야. 그전의 주인과 아버지가 어떤 관계인지, 어느 필체가 아버지의 것인지 무척 궁금했었어.

엘리아스가 베를린을 떠나기 하루 전날, 내년 여름방학에 다시 와도 되느냐고 나에게 물었어. 내가 고개를 끄덕이자 그는 내 이마에 입을 맞추었어. 애써 담담한 표정을 지었지만 가슴이 설레더구나. 이듬해 7월 엘리아스가 베를린에 다시 왔을 때 기쁨이 일었어. 슬픔이 뒤섞인 기쁨이었지. 그와 헤어진 일 년 동안 무척 외로웠었거든. 별빛 같은 먼 존재가 아닌데도, 가슴 깊은 곳에서 태아처럼 숨쉬는 존재가 아닌데도 그가 그리웠었어. 그해 여름 우리는 한층 다정해졌고, 연인처럼 시간을 보냈지.

우리가 파리에 간 것은 가을 햇살이 비치던 9월 초순이었어.

난 열세 살 때 보았던 루브르미술관을 잊을 수 없었어. 생명체처럼 움직이는 그림의 색채들이 환각에 빠진 어머니의 춤과 연결되는 순간에 들었던 안도감을 어찌 잊을 수 있겠니? 내가 예술에 매혹을 느낀 가장 큰 이유는 예술이 어머니의 춤과 연결되기 때문이었어. 하지만 매혹되기만 한 건 아니었어. 두려움도 느꼈지. 신의 정원에서 추었던 어머니의 춤이 어머니의 죽음으로 이어졌다는 생각을 떨칠 수 없었으니까. 예술은 나에게 매혹과 두려움을 동시에 불러일으키는 생명체였던 거야.

엘리아스와 함께 루브르미술관에 들어갔을 때 내 안에서는 하라르의 아이가 숨쉬고 있었어. 진흙으로 만든 집에서 태어나고 자란 아이, 어디론가 떠나버린 아버지를 그리워한 아이, 어머니마저 잃고 혼자가 된 아이, 어디로 가는지도 모르고, 어디로 가는지 묻지도 못하고 먼길을 가게 된 아이가.

사흘 후 난 혼자 베를린행 기차를 탔어. 엘리아스는 파리에 사는 어머니와 동생을 만나야 해서 내가 먼저 떠났지. 며칠 후 출판사에 나타난 엘리아스는 파리에서 샀다면서 책 한 권을 보여줬어. 그해 프랑스에서 출판된 '견자 랭보'라는 제목의 랭보 연구서였어. 엘리아스는 『견자 랭보』가 프랑스 문단에 던진 충격을 이야기하면서, 이 책을 출판하면 말리크출판사의 명성을 높일 수 있을 거라고 말하더군. 출판이 결정되면 자신이 번역하겠다는 말을 덧붙이면서. 그런데 사장은 베를린 시민들이 랭보에게 과연 관심이 있을지 모르겠다고 심드렁하게 말했어. 엘리아스와 견해가 달랐던 거지. 사장의 시큰둥한 반응에 엘리아스는 당황하면서 나를 보더군. 도움을 요청하는 표정이었어. 사장이 프랑스 상징주의문학에 호의적이지 않다는 사실을 아는 나로서는 엘리아스의 시선이 곤혹스러울 수밖에 없었지.

하지만 나 역시 랭보에게 관심을 가지고 있었어. 김나지움 시절 프랑스 문학 수업에서 랭보의 진정한 시의 스승은 고대 로마의 시인 베르길리우스라는 선생님의 말씀을 듣고부터였지. 선생님은 랭보가 라틴어 수업에서 베르길리우스의 생애와 시에 대해 배운 뒤 베르길리우스에 금방 사로잡혔다고 말씀하셨는데, 그 순간 내 가슴속에서 반짝하고 불이 켜졌어. 나 역시 라틴어 수업에서 알게 된 베르길리우스의 생애와 시에 매료돼 있었거든. 내가 라틴어에 특히 열중한 건 선교학교에서의 추억 때문인 것 같아. 라틴어 기도 소리와 미사곡을 듣고 있으면 무슨 뜻인지도 모른 채 가슴속에서 눈물이 올라왔으니.

그날 이후 난 랭보 시에 관심을 갖고 찾아 읽었지. 특히 초기 시들이 마음 깊이 와닿았어. 「고아들의 새해 선물」은 어머니를 잃고 고아가 된 아이들이 새해를 맞이하는 모습을 묘사한 시인데, 읽는 동안 눈자위가 젖어들었어. 「놀란 아이들」도 그런 시였지. 그 시들을 읽으면 우리처럼 아버지 없이 자란 랭보의 가슴에 팬 결핍의 구멍이, 감추어진 슬픔과 절망이 눈에 환히 보인단다. 너도 읽어보렴.

베르길리우스의 분위기가 희미하게 느껴지는 「감각」의 아련한 즐거움도 잊을 수 없어. 여름날 푸른 저녁에 방랑자가 되어 멀리 떠나는 순간을 생각하면서 영원하고도 순수한 사랑이 자신에게로 흘러들어오리라는 희망에 젖어드는 열여섯 살 소년 랭보의 모습이 눈에 잡힐 듯 보여.

「나의 방랑」을 읽는 동안에는 모든 억압으로부터 해방되어 별들 아래를 걷는 랭보의 모습에 나를 비춰보곤 했어. 열일곱 살 소년의 낭만적 방랑과 풋사랑, 자유를 갈망하는 마음이 부드럽게 섞인 「소설」과 「초록 선술집에서」도 인상적이었어. 그리고 「오필리아」!

나는 오필리아를 김나지움 시절 수양어머니와 함께 본 연극 〈햄릿〉에서 처음 만났어. 손에 류트를 들고 어깨를 축 늘어뜨린 채 슬픈 목소리로 노래를 부르던 오필리아의 모습이 이상하게 잊히지 않았어. 그 오필리아가 랭보의 시 속에서 한 송이 백합이 되어 시공을 초월한 검푸른 강 위를 떠다니고 있더구나.

> 그리하여 시인은 말한다, 밤이면 별빛 따라,
> 너는 네 손으로 꺾어두었던 꽃들을 찾아 나선다고,
> 물위에, 긴 베일 두르고 누워, 한 송이 큰 백합처럼,
> 떠내려가는 하얀 오필리아를 제가 보았노라고.

랭보의 「오필리아」를 읽고 나서 영국 화가 밀레이의 그림 〈오필리아〉를 보았어. 랭보가 밀레이의 그림에 영감을 받아 「오필리아」를 썼다는 걸 알게 되었거든. 그림을 본 순간 어머니가 떠올랐어. 놀랍게도 그림 속의 오필리아가 어머니처럼 느껴진 거야. 왜 그런 느낌이 들었을까? 먼 곳을 향해 있는 오필리아의 슬픈 눈동자가 어머니의 눈동자와 닮았기 때문이었을까? 검푸른 물에 잠긴 오필리아의 옷이 어머니가 춤출 때 물결처럼 일렁였던 치마의 푸른빛과 주름진 피륙을 적셨던 별들의 빛을 떠오르게 했기 때문이었을까? 어머니가 죽음을 향해 걸어간 길이 아버지가 떠난 길이고, 어머니의 주검이 발견된 곳이 마른강 하상에 파인 우물이었기 때문이었을까?

랭보의 시에서 오필리아가 죽은 이유는 '바람이 가혹한 자유를 속삭였기 때문'이며, '나무의 탄식과 밤의 한숨 속에서 네 마음이 자연의 소리를 들었기 때문'이며, '어느 창백한 멋진 기사, 어느 가엾은 광인이 네 무릎 위에 말없이 앉았기 때문'이며, 그리하여 '너의 거대한 환영이 너의 언어를 목 졸라 죽였으며, 무시무시한 무한함이 네 푸른 눈동자를 놀라게 했기 때문'이야. 그 모든 이유들이 나에게는 어머니가 죽은 이유처럼 느껴졌어.

나는 사장에게 엘리아스의 판단에 공감한다고, 『견자 랭보』를 출판하면 문학 전문 출판사로서의 이미지를 높이는 데에 큰 도움이 될 것이라고 말했어. 그러자 사장은 시간을 두고 생각해 보자고 답하며 일어서더군. 엘리아스는 사장의 반응에 크게 낙담했을 뿐 아니라 자존심이 무척 상한 듯 보였어. 파리에서 보물 같은 책을 캐냈다고 생각한 엘리아스는 그 보물을 독일어로 재탄생시키는 즐거움을 상상하는 동안 기차가 순식간에 베를린에 도착했다고 했으니.

그날 저녁 바에서 술을 잔뜩 마신 엘리아스는 늘 갖고 다니던 만년필로 메모지에 뭔가를 쓰기 시작하더니 잠시 후 쓰기를 멈추고 메모지를 뚫어질 듯 응시했어. 그러다 다시 쓰고 멈추고…… 그러기를 몇 차례 되풀이하더군. 궁금해진 내가 무얼 그렇게 쓰느냐고 묻자 그는 메모지를 내 앞으로 밀었어. 흐린 불빛 속에서 그가 쓴 글을 읽는데 어떤 생각이 가슴속을 불처럼 파고들더구나. 취한 엘리아스를 집 앞까지 데려다주고 귀가한 나는 엘리아스 몰래 주머니 속에 넣어둔 메모지를 꺼내 다시 읽었어.

아마도 어떤 오래된 도시에서
조용히 술을 마시고
더욱 흡족하게 죽어갈
어느 저녁이 나를 기다리고 있으니.

내가 다시 옛날의 그 여행자가 된다 할지라도
초록 여인숙은 내 앞에 나타나
문을 열고 나를 맞이해주지 않을 것이다.

나는 사막을, 불타버린 과수원을, 퇴색한 상점들을 좋아했다. 나는 공장지대에서 회교사원을 보았고, 하늘을 나는 사륜마차 행렬을 보았고, 호수 바닥에 있는 객실을 보았다.

이름은 아르튀르 랭보. 프랑스 샤를빌 태생. 스물세 살. 전직은 과학과 어학 교사. 최근 프랑스 육군 제47연대에서 탈영했고, 지금은 실직 상태로 브레멘에 거주. 미국 해군 지원 자격을 알고자 함. 자바에서 퀸스타운으로 가는 스코틀랜드 선박에서 사 개월 동안 선원으로 일했음. 제노바-키프로스-아덴-제일라-하라르-마르세유 콩셉시옹 병원, 1891년 11월 10일.

첫 문단에서 셋째 문단까지는 랭보 시의 일부분이라는 걸 금방 알았지만 마지막 문단이 낯설었어. 랭보가 미국 해군에 지원하려고 보낸 서신 같았는데, 실제 랭보가 그런 서신을 보냈는지는 알 수 없었어. 내 시선을 가장 강하게, 오랫동안 사로잡은 부분은 도시와 병원 이름, 연월일이 나열된 마지막 문장이었단다. 마르세유의 콩셉시옹 병원이 랭보가 숨진 병원임을, 그 뒤의 연월일은 랭보가 숨진 날임을 작가 인명사전을 보고서야 알게 됐어. 그 앞의 도시들은 랭보가 유럽에서 아프리카로 갈 때 거쳐 간 곳이며, 랭보의 주거지가 하라르였다는 것도 인명사전에서 확인했지. 나는 랭보가 시를 버리고 아프리카로 갔다는 건 알고 있었지만 주거지가 하라르였다는 건 그때 처음 알게 됐단다. 학창 시절 랭보에 관한 책들을 읽긴 했지만 하라르는 눈에 들어오지 않았었거든.

다음날 도서관에 가서 랭보에 관한 책들을 살펴보았어. 1877년 5월 랭보가 독일 브레멘에서 미국 해군 지원 자격 여부를 묻는 내용의 서신을 미국 영사관에 보낸 사실이 책에 나와 있더구나. 서신에 적힌 '프랑스 육군 제47연대에서 탈영'했다는 문장은 한 해 전인 1876년 5월 인도네시아에서 일어난 아체인들의 반란 진압을 위해 네덜란드 군대가 공지한 신병 모집에 랭보가 지원해 복무 적격 판정을 받고 자바섬으로 갔으나 그해 8월 탈영한 사실에서 비롯된 것 같다고 서술되어 있었어. 랭보가 탈영했다고 기록한 프랑스 육군 제47연대는 그의 아버지 프레데리크 랭보가 복무한 부대라는 사실에 마음이 찡했단다. 사라진 아버지를 잊지 못하는 랭보가 환히 보이잖아.

1878년 11월 이탈리아 제노바에서 출발해 알렉산드리아를 거쳐 키프로스로 간 랭보는 프랑스 회사 채석장의 감독이 돼. 거기서 아버지의 사망 소식이 담긴 어머니의 편지를 받고는 자신이 제노바에 있었을 때 아버지가 이미 세상을 떠났다는 사실을 알게 되지. 1879년 5월 병이 들어 샤를빌로 돌아온 랭보는 이듬해 봄 다시 집을 떠나 홍해의 도시들을 떠돌다 아덴에서 프랑스 사업가를 만나. 그리고 그의 커피 회사에 고용되어 일하다가 1880년 11월 그 사업가가 개설한 하라르 지점으로 가게 되는 거야.

랭보의 생애를 들여다보면 랭보가 어쩌면 나의 아버지가 아닐까 하는 생각을 하게 돼. '랭보는 나무랄 데 없는 여행자의 모습을 갖추고 있었다'는 지리학자 보렐리의 증언과, 랭보의 여행기가 유럽의 지리학회지에 실렸다는 기록은 아버지가 지리학자여서 캐러밴과 함께 먼 곳으로 자주 떠났다는 어머니의 말을 떠오르게 했어. 랭보가 가족에게 편지를 보내 아버지 유품의 하나인 아랍어 사전을 보내줄 것을 요청했다는 기록은 커피 농장 집 벽장에서 나온 아랍어 사전을 떠올리게 했고. 하라르 시절에 아비시니아 여자와 동거했다는 기록, 그 여자에 대한 묘사가 어머니의 모습과 크게 다르지 않다는 점, 당시 하라르에 사는 유럽인이 손에 꼽을 정도로 드물었고 아버지가 유럽으로 떠난 시점이 랭보가 떠난 시점과 겹친다는 사실들이 그 생각을 강화시켰어.

며칠 후 나는 이십사 년 만에 처음으로 아덴의 수녀원 선교학교를 찾아갔어. 나를 입학시킨 농장 주인의 인적사항을 알 수 있을지도 모른다는 기대 때문이었지. 다행히 나의 입학 서류가 보관되어 있더구나. 보호자 이름은 스위스 국적의 알프레드 일그, 주소는 아덴의 뤼니베르 그랜드 호텔의 유럽인 회사 사무실이었어. 그곳을 찾아갔지만 다른 회사로 바뀌어 있었어. 베를린으로 돌아와 랭보의 하라르 시절 기록을 다시 살펴보니 알프레드 일그라는 이름이 자주 나오더구나. 그가 누구인지, 두 사람이 어떻게 만났는지 궁금하면 책을 찾아보렴. 그들이 나눈 편지를 보면 무척 친근한 사이임을 알 수 있을 거야.

넌 어떻게 생각하니? 랭보가 사라진 나의 아버지로 보이니? 누군가가 이 질문을 나에게 한다면 '랭보가 아버지일 가능성이 크다고 생각한다'고 답할 수밖에 없어. 확실한 물증이 없으니까. 어머니가 장롱 속에 숨겨놓은 아랍어 사전이 랭보의 것이라고 해도 그것은 물증이 될 수 없어. 책은 책 주인과 상관없는 사람도 얼마든지 가질 수 있으니까.

랭보가 내 아버지라면 난 어떻게 해야 할까? 어떤 사람에게 내가 랭보의 딸이라고 말한다면 그 사람은 어떤 반응을 보일까? 나를 이상한 여자로, 과대망상증 환자로, 사기꾼으로 간주할 수도 있겠지. 어느 쪽이든 내가 왜 랭보의 딸인지를 그에게 설명해야 해. 그 순간 나는 구경거리가 되겠지. 동물원에 갇힌 동물처럼. 생각만 해도 아득하지 않니? 그러니 침묵할 수밖에. 의도하지는 않았지만 결과적으로 랭보가 아버지일 수도 있다는 사실을 일깨워준 엘리아스에게도 침묵했어.

침묵으로 난 다시 아버지를 잃은 아이가 되었어. 그 고통을 어떻게 표현해야 할지 모르겠구나. 랭보의 시에 '나는 난바다를 가르는 방파제 위에 버려진 어린아이'라는 구절이 있어. 난 캄캄한 바다 말고는 아무것도 보이지 않는 방파제에 버려진 아이가 되어 오들오들 떨었단다. 그런 모습을 보여주지 않으려고 이를 악물었어. 이를 악물수록 바다는 더욱 캄캄해졌고 그만큼 추위는 살 속으로 더 깊이 파고들더구나. 너무나 추워 내 몸이 나도 모르게 따뜻한 곳을 찾고 있었어. 이제 고백할게. 그 따뜻함 속에서 티나 네가 잉태되었어. 너의 아버지와 작별할 때 내 몸 안에 네가 있다는 걸 알았지만 네 아버지에게는 말하지 않았어. 너에게 영원한 상처가 될 일을 할 수밖에 없었던 나를 용서해달라고 빌고 싶어. 아덴의 수녀원 기도실에서 무릎을 꿇고 누군가에게 빌었던 작은 아이처럼.

4장

골짜기에 잠든 자

1

바다에 석양이 내려앉고 있었다. 하늘과 바다가 불그스레해지면서 풍경이 아득해졌다. 나무처럼 서서 캔버스를 들여다보던 부스토스는 머리를 설레설레 흔들더니 화구 옆에 놓인 미니 술통을 들어 몇 모금 들이켰다. 카네티는 느린 걸음으로 그에게 다가갔다.

"그림을 보고 싶은데 괜찮겠소?"

"저를 아시는지요?"

부스토스가 놀란 표정으로 카네티를 보며 물었다.

"왜 그렇게 놀라시오?"

"선생님이 저에게 스페인어로 물었기 때문입니다."

"난 스웨덴어를 모른다오."

"저도 스웨덴어를 모릅니다."

"정말이오?"

카네티는 눈을 휘둥그레 뜨며 물었다.

"그렇습니다."

"믿어지지가 않소."

"허허, 왜 믿어지지가 않습니까?"

"당신은 1976년에 스웨덴으로 망명하지 않았소. 올해가 1990년이니 십사 년째 스웨덴에 살고 있는 것인데 스웨덴어를 모른다고 하니……"

카네티의 말에 부스토스의 얼굴이 굳어지면서 금방 경계하는 눈빛이 되었다.

"난 젊은 시절에 비교적 망명자들을 많이 만났소. 내가 망명자였기 때문이오. 1930년대 말이었소. 파리의 망명자 그룹에 있다가 런던으로 건너가 그곳의 망명자 그룹에 들어갔소. 그런데 당신같이 자발적으로 자신을 고립시키는 망명자는 처음 보오."

카네티는 부스토스의 얼굴에 호기심이 이는 것을 보고 빙긋 웃었다.

"오래전부터 당신을 궁금해했소."

"왜 절 궁금해하셨는지요?"

"그건 선창가 선술집에 가서 이야기해주겠소."

"제 단골집도 아시는군요."

"사람들과는 영어로 대화하오?"

"전 영어를 배운 적이 없습니다."

"당신은 이 도시에서 벙어리로 살 작정을 했구려."

"그렇게 생각할 수도 있겠군요."

"선술집으로 가기 전에 그림을 봐도 되겠소?"

그가 응낙의 제스처를 취하자 카네티는 캔버스 앞으로 다가갔다. 뜻밖에도 캔버스에는 이목구비가 없는 사람이 그려져 있었다.

"당신은 바다를 보면서 그림을 그렸는데 어째서 캔버스에는 사람만 있소?"

카네티의 물음에 그는 잠시 머뭇거리다가 입을 열었다.

"선생님의 말씀을 들으니 풍경화에도 늘 사람의 흔적을 넣게 된다는 고흐의 말이 생각나는군요. 어쩌면 저도 사람의 몸에 바다의 흔적을 넣고 싶었는지도 모르지요."

자신을 타자화하는 듯한 부스토스의 말에 카네티는 묘한 기분을 느꼈다.

"흥미로운 말이구려. 나중에 찬찬히 곱씹어봐야겠소. 그런데 얼굴에 왜 이목구비가 없소?"

"글쎄요…… 풍경의 이목구비를 그리고 싶었다고나 할까요……"

그는 말끝을 흐리며 황혼에 잠긴 바다를 물끄러미 바라보았다.

"사람에게 지친 것이오?"

"그런지도 모르겠습니다."

부스토스의 입가에 쓸쓸한 미소가 스쳤다.

2

선술집의 창 너머로 발트해가 보였다. 발트해 너머는 덴마크였다. 햄릿이 떠올랐다. 저 거무스레한 땅 어디에선가 덴마크 왕자 햄릿이 그림자 영혼에 싸여 낮도 아니고 밤도 아닌 시간 속을 서성거렸던 엘시노어성이 있을 것이라고 카네티는 생각했다.

"이 도시에 산 지 십사 년이 지나는 동안 낯선 이가 저에게 스페인어로 말을 건 건 선생님이 처음이었습니다. 그러니 제가 놀랄 수밖에요."

부스토스가 럼주를 한 모금 들이켜며 말했다.

"나에게 스페인어는 유년의 언어였소. 어린 시절에 들은 동요와 동화가 지금도 스페인어로 기억된다오. 조상이 스페인계 유대인이었소. 돌이켜보면 티나는 나와 대화할 때 독일어보다 스페인어를 더 많이 썼던 것 같소. 아, 티나는 내 딸이오. 베를린에서 태어났지만 어릴 때 아르헨티나에서 살아 스페인어에 친숙하다오."

"혹시 따님이……"

부스토스는 말을 잇지 못하고 멍하니 카네티를 보았다.

"맞소. 당신이 생각하는 그 티나가 내 딸이오."

카네티의 말에 부스토스의 얼굴이 창백해졌다.

"난 당신을 원망하러 여기까지 온 게 아니오. 당신은 당신의 삶을 살았고 티나는 티나의 삶을 살았소. 우연하게도 두 삶이 잠시 겹친 것뿐이오. 지금 내 나이가 여든다섯이오. 세상을 떠나기 전에 그 겹침의 시간을 들여다보고 싶어 당신을 만나러 온 거요."

"드브레를 만나셨습니까?"

"만나지 않았소."

"왜 그가 아니라 저를 만나러 오셨습니까?"

"난 글을 쓰는 작가이오. 작가는 눈에 잘 보이지 않는 세계를 궁금해하는 족속임을 당신은 알 것이오. 드브레는 궁금하지 않았소. 그의 삶이 환히 보이잖소."

드브레와 부스토스는 1967년 10월 볼리비아 군사법정에서 징역 삼십 년을 선고받았으나 삼 년 후인 1970년 1월 새로운 군사통치자인 토레스의 특사로 출옥했다. 그들의 출옥에는 드골과 교황 바오로 6세가 선처를 요청했을 정도로 전 세계 여론의 주목을 받아온 드브레가 큰 역할을 했다. 출옥 후 프랑스로 돌아온 드브레는 좌파 지식인 사회에서 자신만의 목소리를 내다가 1985년부터 미테랑 대통령의 라틴아메리카 정책 자문위원으로 활동하고 있었다.

"하지만 당신의 삶은 어둠에 묻혀 보이질 않았으니 궁금증이 생길 수밖에요."

자유의 몸이 된 부스토스 앞에는 새로운 고통이 기다리고 있었다. 배신자라는 낙인이었다. 부스토스가 볼리비아 정보부의 요구로 체와 대원들의 몽타주를 그려줌으로써 체의 죽음에 일정한 역할을 했다는 내용이 언론과 책을 통해 퍼져나간 것이었다. 그 낙인 때문에 더이상 쿠바에서 살 수 없었던 부스토스는 사회주의자 아옌데가 집권한 칠레로 떠났다.

아옌데는 혁명을 주창한 체와 달리 선거로써 칠레를 사회주의 국가로 변화시키려고 했다. 체는 자신의 저서 『게릴라 전쟁』에 '다른 방법으로 같은 결과를 이루고자 노력하는 살바도르 아옌데에게 동지애를 가지며'라는 문장을 적어 아옌데에게 선물했다. 아옌데의 정치노선은 그가 1970년 대통령선거에 당선됨으로써 결실을 보았다. 민주 선거를 통해 집권한 최초의 사회주의 지도자가 된 것이다. 하지만 워싱턴은 사회주의 정책을 내세우는 아옌데를 가만히 내버려두지 않았다. 1973년 9월 CIA 지원을 받아 쿠데타를 일으킨 군부는 대통령궁에서 끝까지 저항한 아옌데를 죽음에 이르게 했다. 부스토스는 칠레를 빠져나와 아르헨티나로 들어갔으나 삼 년 후인 1976년 3월 군사 쿠데타가 일어나 다시 도피의 길에 올랐다.

"저의 무엇이 궁금하셨습니까?"

부스토스가 조심스럽게 물었다.

"당신의 삶이 궁금했소."

"저의 배신에 대해 알고 싶으신 게 아닌가요?"

"난 당신에 대한 드브레의 비난이 올바르지 않다고 생각해왔소."

"어떤 근거로 그런 생각을 하셨는지요?"

"체의 한 측근 인사는 나에게 티나의 죽음에 대해 알려주며 당신과 드브레는 견딜 수 있을 때까지 최대한 견뎠을 것이라고, 체가 죽은 건 특정 개인의 잘못이라기보다 여러 상황들이 축적된 결과로 보는 것이 합리적이라고 말했소. 난 그의 말이 진실로 느껴졌소. 그 진실은 드브레와 당신에게 자신이 견디지 못한 부분을 깊이 들여다보라는 말을 건네고 있다고 보오. 결과적으로 드브레는 자신은 들여다보지 않고 당신만을 들여다본 모습을 세상에 보여주었소."

'모든 것이 끝났다. 내가 진정한 작가라면 전쟁을 막을 수 있었을 텐데……'라는 무명작가의 문장이 떠올랐다. 아버지의 죽음이 그의 문장 어느 갈피에 잠겨 있는지 알고 싶었는데, 딸의 죽음까지 그 문장 속에서 찾게 될 줄은 꿈에도 몰랐다.

"선생님의 말씀이 저를 아프게 하면서도 위로도 하는군요."

그는 떨리는 목소리로 말했다.

"체와는 어떻게 만났소?"

"1958년 봄이었습니다. 아르헨티나 기자 마세티가 쿠바 반군 해방 지역에 있는 체와 피델을 인터뷰한 방송을 우연히 들었습니다. 피델의 목소리는 위엄이 서려 있었지만 체는 달랐습니다. 카페에 앉아 친구와 친밀하게 대화를 나누는 듯한 목소리였습니다. 방송을 듣는 동안 어느덧 체가 저에게 말을 건네는 듯한 느낌에 빠져들었습니다. 그 목소리에 끌려 쿠바로 갔지요. 제가 스물여섯 살 때인 1961년 4월이었습니다. 쿠바는 모든 게 낯설었지만 동시에 경이로웠습니다. 공기의 냄새마저 경이로웠습니다. 혁명의 열기 때문이기도 했고, 체라는 미지의 존재 때문이기도 했지요."

부스토스의 얼굴에 홍조가 어렸다.

"체를 만난 건 이듬해 7월이었습니다. 저를 체와 이어준 이는 체의 고향 선배 알베르토였습니다. 체와 함께 라틴아메리카를 여행했을 정도로 친근한 사이더군요. 알베르토와는 제가 그림을 가르쳤던 산티아고대학에서 만나 가까워졌습니다. 그도 산티아고대학에 재직하고 있었지요. 나중에 안 사실이지만 당시 알베르토는 체의 부탁으로 아르헨티나 독재정권을 상대로 게릴라 활동에 투신할 수 있는 아르헨티나인을 구하고 있었습니다."

체는 다수의 게릴라 그룹을 그전부터 비밀히 훈련시켰으며, 때가 되면 모든 그룹이 체의 지휘하에 하나의 군단으로 활동하기로 계획했다고 부스토스가 말했다.

"체의 그런 계획은 1963년 봄 아르헨티나 북부 정글로 잠입한

선발 부대가 일 년도 채 못 되어 무너지는 바람에 어그러졌습니다. 참담한 실패였습니다. 대원들 대부분이 사살되거나 체포되었습니다. 저는 가까스로 살아남아 우루과이로 탈출했습니다."

혁명을 한다는 것은 역사의 내장 속으로 들어가는 행위라는 체의 말이 생각났다. 그 카오스의 진창에서 살아남은 그가 낯설어 보였다.

"실패의 가장 큰 원인은 선발 부대를 이끈 마세티의 지도력 결핍이었습니다."

"체를 인터뷰했다는 아르헨티나 기자를 말하는 거요?"

"맞습니다. 그도 쿠바혁명에 매료되어 아바나로 들어와 체의 혁명 전사가 되었습니다만 혁명 정신만으로 체의 게릴라 전쟁 이론을 실행하다 실패한 것입니다. 그 쓰라린 실패는 체가 게릴라 전쟁에 직접 뛰어든 계기로 작용했습니다."

"마세티는 어떻게 되었소?"

"정글에서 실종되었습니다. 자살했거나, 굶어죽었거나, 국경 수비대에 고액의 달러를 빼앗긴 뒤 사살당했겠지요."

부스토스는 어두운 목소리로 말했다.

"마세티의 실패에도 체는 아르헨티나를 포기하지 않았습니다. 무장대원들이 피해를 입긴 했지만 도시 조직은 피해를 거의 입지 않았으니까요. 저는 체의 지시로 다시 아르헨티나로 들어갔습니다. 그즈음 티나가 아바나를 떠나 라파스로 들어간 걸로 알고 있습니다. 체가 볼리비아를 중시한 건 아르헨티나와 국경을 이루는 위치 때문이었습니다. 체는 볼리비아 게릴라 거점과 아르헨티나 게릴라 거점을 연결하는 부대를 구상했습니다. 제가 체의 캠프를 찾은 것은 그 일 때문이었습니다."

코만단테의 시선은 볼리비아 너머에 있었다는 쿠바 청년의 말이 떠올랐다.

"저는 1967년 2월 말 체의 지시를 전달받아 아르헨티나에서 라파스로 갔습니다. 라파스에 도착하자 누군가로부터 수크레행 버스를 타라는 지시를 받았습니다. 버스에 오르니 놀랍게도 드브레가 앉아 있더군요. 그는 절 모르지만 전 그를 알고 있었습니다. 그가 쓴 책을 읽었으니까요. 저는 드브레와 떨어진 자리에 앉아 그의 뒷모습을 골똘히 보았습니다. 드브레가 무슨 목적으로 체의 캠프로 가는지 궁금했습니다. 드브레도 제가 내려야 하는 곳에 내리더군요. 저도 따라 내렸지요. 황량한 시골역이었습니다. 버스는 곧 떠났고 우린 주변을 어슬렁거렸습니다. 십 분쯤 지나자 지프차 한 대가 역 앞에 멈추더군요. 잠시 후 유럽인으로 보이는 젊은 여자가 내리더니 저희에게로 다가와 자연스럽게 악수를 청했습니다. 그녀가 티나였습니다."

티나는 그들을 지프차에 태운 뒤 냥카우아수 마을로 가서 차를 은닉한 후 체의 캠프가 있는 계곡으로 들어갔다고 했다.

"저희들이 캠프에 도착했을 때 체는 주력부대를 이끌고 원정중이었습니다. 캠프가 제대로 통솔되지 않고 있다는 게 한눈에 보이더군요. 게다가 다음날 사냥 나간 두 명의 볼리비아인 자원병이 시간이 지나도 돌아오지 않는 비상사태가 발생했습니다. 그들을 찾으러 수색대가 나갔지만 찾을 수 없었습니다. 그래서 저희는 언제라도 캠프를 떠날 수 있도록 조치를 취해야 했습니다. 며칠 후 정찰비행기가 나타나 캠프 주위를 선회하더군요. 체는 그런 최악의 상황에 직면해 있었을 때 캠프로 돌아왔습니다. 저희들이 캠프에 머문 지 십칠 일 만이었습니다. 체를 보는 순간 제 눈을 의심했습니다. 옷은 누더기처럼 찢겼고, 몸은 쇠꼬챙이처럼 말라 있었습니다. 체는 자신의 그런 모습을 전혀 개의치 않고 저를 껴안았습니다. 삼 년 만의 해후였습니다."

부스토스의 눈이 붉어졌다.

"체는 저와 드브레를 캠프까지 데리고 온 이가 티나라는 사실을 알고 깜짝 놀라더군요. 그때 티나는 몇몇 대원들과 함께 정찰을 나간 터라 캠프에 없었습니다. 제가 보기에 티나는 쿠바에서 게릴라 훈련을 철저히 받은 듯했습니다. 대원들과 잘 어울렸을 뿐 아니라 대원들을 자연스럽게 이끌었습니다. 특히 볼리비아 대원들이 그녀를 잘 따르더군요. 나중에 안 사실이지만 쿠바 대원들과 볼리비아 대원들 간에는 알력이 적잖게 있었습니다. 전쟁 경험이 많은 쿠바 대원들의 눈에 볼리비아 대원들은 게릴라로서 많이 모자라 보였을 테니까요. 죽음이 상존하는 전선에서 그런 모습들을 포용하기가 무척 어려운데 티나는 아주 자연스럽게 포용하더군요."

부스토스는 당시를 회상하는 듯 감회에 젖은 목소리로 말했다.

"티나가 캠프로 돌아오자 체는 제가 깜짝 놀랄 정도로 티나에게 화를 냈습니다. 그전에 티나가 외부인과 함께 캠프에 왔을 때 앞으로는 캠프에 절대 오지 말라고 지시했다더군요. 체는 티나에게 게릴라 전선에서 명령을 어기는 행위가 얼마나 위험한지를 말하면서 혁명법까지 거론했습니다. 혁명법을 어기면 사안에 따라 사형까지 선고받을 수 있기 때문에 지도자는 전선에서 함부로 혁명법을 말하지 않습니다. 대원들의 사기에 영향을 미치니까요. 하지만 저를 더 놀라게 한 것은 체의 서슬 퍼런 말에 대한 티나의 태도와 대응이었습니다. 제 경험에 따르면 체의 존재감에 압도되지 않는 사람은 없었습니다. 완전무결함에 대한 초인적 의지가 만들어내는 존재감이었기 때문입니다. 하물며 체가 혁명법까지 거론한 상황인데도 티나는 조금도 당황하지 않고 자신이 캠프에 올 수밖에 없었던 라파스 조직의 상황을 침착하고 명료하게 설명하고는 체가 자신의 안전을 지나치게 걱정하는 것 같다고 넌지시 말하더군요. 그러자 체는 더이상 말을 하지 않았습니다."

당시의 광경을 생각하는 듯 부스토스의 입가에 미소가 어렸다.

"체는 저를 자신의 방으로 불러들여 아르헨티나 조직 상황에 대해 물었습니다. 볼리비아 게릴라 거점과 아르헨티나 게릴라 거점을 연결하려면 대원들의 이동수단과 식량 공급선이 해결되어야 했습니다. 이 문제를 생각하면 체의 구상이 비현실적으로 다가왔습니다. 체의 부대조차도 식량 공급선이 끊겨 있었으니까요. 볼리비아 공산당이 체를 외면했다는 사실을 알고 전 엄청난 충격을 받았습니다. 체가 그런 악조건 속에 처해 있는 줄은 전혀 예상하지 못했습니다. 돌파구가 절실히 필요했습니다. 하지만 그것에 대해 구체적으로 논의하기도 전에 볼리비아군이 들이닥쳤습니다. 그후의 상황은 선생님도 잘 아실 겁니다."

부스토스는 허공을 보며 중얼거리듯 말했다.

"체가 부대를 둘로 나눈 사실을 아시지요?"

부스토스의 물음에 카네티는 고개를 끄덕였다.

"티나가 속한 호아킨 부대와는 4월 3일에 헤어졌습니다. 사흘 후에 만나기로 약속했지만 영원히 못 만나게 되었지요. 헤어지기 직전 체는 호아킨을 따로 불러 무어라고 말하고는 티나를 부르더군요. 체가 티나의 어깨에 손을 얹고는 또 무어라고 말하자 티나는 고개를 끄덕이면서 체를 포옹했습니다. 그 모습이 지금도 생생히 떠오릅니다. 오누이가 작별하는 모습처럼 보였으니까요."

카네티의 눈자위가 젖어들면서 눈앞이 흐려졌다. 티나는 나의 눈물 속에만 있는 게 아닐 것이다. 강을 건너는 사람들의 아늑한 모습과 살육의 사무침 속에도, 체의 외로운 죽음과 앞으로 나아가기를 두려워하는 인류의 소심함과 천박함 속에도 깃들어 있을 것이다.

“한 가지 물어도 되겠소?”

“네.”

“당신은 왜 체와 대원들의 몽타주를 그려주었던 것이오?”

“제가 몽타주를 그려준 시점은 CIA와 볼리비아군이 이미 체와 대원들의 사진을 확보한 후였습니다. 제 몽타주가 중요한 단서가 될 수 없다는 사실을 알았기 때문에 그들의 요구에 응한 것입니다. 아르헨티나 조직을 보호하려면 그들에게 굴복한다는 제스처를 취할 필요가 있었습니다.”

“왜 그런 이야기를 하지 않았소?”

“할 수가 없었습니다. 아르헨티나 조직이 드러나니까요. 이야기를 해도 괜찮을 정도로 시간이 흐른 후에는 묻는 사람이 없더군요.”

“그래서 벙어리의 삶을 택했소?”

“말이 무서워졌을 뿐입니다.”

“말의 무엇이 무서웠소?”

“말의 독이 제가 살아온 삶을 파먹더군요.”

“하지만 당신은 잘 극복하지 않았소?”

“무슨 말씀인지……”

“나의 눈에는 당신의 그림이 고통을 견디는 당신의 마음으로 보였소. 그런데 말이오, 당신의 그림에는 나로서는 도무지 알 수 없는 어떤 평온함이 깃들어 있는 것 같았소. 내가 잘못 본 거요?"

"그게 보였습니까?"

그의 입가에 미소가 희미하게 떠올랐다.

"스카마 덕분이지요."

"스카마?"

"해가 떠오르지 않는 계절이라는 뜻으로 사미인의 언어입니다."

"사미인이라면……"

"북유럽의 툰드라 지역에 사는 소수민족입니다."

"아, 들은 적이 있소."

"저 노인은……"

부스토스는 주방에서 무언가를 만드는 몸집이 두툼한 노인을 가리켰다.

"스페인 내전에 공화파로 참전한 역전의 용사입니다. 이 도시에서 저와 대화하는 유일한 사람이지요."

"여기가 당신의 단골 식당이 된 이유를 알겠구려."

노인은 부스토스가 자신에 대해 이야기하고 있다는 걸 아는 듯 손을 흔들어 보였다.

"저 역전의 용사는 나이가 어떻게 되오?"

"선생님 연세가……"

"난 1905년에 태어났소."

"저분은 선생님보다 다섯 살 아래군요. 전 저분보다 스물두 살 아래입니다만 우린 무척 죽이 맞지요."

"서로에게서 혁명가의 기질을 발견한 모양이구려."

카네티의 말에 부스토스는 미소를 지었다.

"십 년 전 겨울 어느 날이었습니다. 노인이 저에게 묻더군요. 사십 일 만에 떠오르는 해를 보러 가지 않겠느냐고. 전 어리둥절했죠. 무슨 소리를 하는지 몰랐으니까요. 노인은 스웨덴 북쪽 툰드라 지역에 자신의 오두막이 한 채 있다면서, 그곳은 12월이 되면 태양이 사라졌다가 사십여 일 후에 다시 떠오른다고 말하더군요. 그 말을 듣자 태양빛이 없는 세계가 무척 궁금해졌습니다. 저에게 극야는 다른 행성에서 일어나는 현상처럼 멀게 느껴졌거든요."

그들이 툰드라의 오두막에 도착했을 때는 해가 떠오르기 하루 전날이었다. 오두막은 사미인 마을에서 약간 떨어진 얕은 골짜기에 있었는데, 주방과 이층침대, 난로와 소파와 탁자 등으로 간소하게 꾸려졌다.

"다음날 우린 오두막을 나와 지평선이 내려다보이는 널찍한 언덕으로 갔습니다. 이미 많은 마을 사람들이 모여 태양을 기다리고 있었습니다. 그들에게는 일 년 중 가장 설레는 날이라고 하더군요. 태양이 다시 탄생함으로써 낡은 시간이 사라지고 새로운 시간이 시작되는 날이었으니까요. 그들의 얼굴에서 설렘의 표정이 생생히 느껴졌습니다."

부스토스의 얼굴에 처음으로 생기가 돌았다.

"하늘이 서서히 밝아지기 시작했습니다. 지평선이 푸른색과 오렌지색으로 물들고 쌓인 눈으로 푸른빛이 스며들더군요. 해가 떠오르기 직전 광채가 지평선에서 부챗살처럼 퍼졌습니다. 마침내 해가 떠올랐을 때 저는 해보다는 순수한 기쁨으로 빛나는 마을 사람들의 얼굴에서 기쁨을 느꼈습니다."

부스토스의 눈이 가물거렸다.

"그렇게 뜬 해가 삼십 분이 채 안 되어 사라져버리더군요. 다음날은 한 시간 조금 넘게 떠 있었습니다. 사흘째 되던 날 노인은 오두막을 떠나면서 저에게 열쇠를 맡겼습니다. 제가 더 머물고 싶어 하는 걸 아신 거죠."

그는 주방에 있는 노인을 바라보며 말했다.

"혼자서 보름을 더 지냈습니다. 그동안 전 밤으로 기울어진 세계에 살았습니다. 일조시간이 조금씩 늘기는 했지만 제 감각으로는 너무 짧았으니까요. 해가 금방 사라지는 것 같았습니다. 오두막에는 전기가 들어오지 않았습니다. 램프로 어둠을 밝혔습니다. 들리는 소리라고는 바람소리와 눈의 무게를 이기지 못해 나뭇가지가 부러지는 소리 등 자연의 소리밖에 없었습니다. 바깥은 너무 추웠습니다. 영하 삼십 도를 오르락내리락했습니다. 그러니 잠자는 시간이 길어질 수밖에요. 하루에 열두 시간 이상을 잤습니다. 오랫동안 불면증에 시달려온 저로서는 기적 같은 일이었습니다."

그의 입가에 엷은 미소가 피어올랐다.

"도시로 돌아온 다음날 이 선술집을 찾았습니다. 열쇠를 돌려주기 위해서이기도 했지만 무엇보다 오두막을 자유롭게 쓰게 해준 노인에게 감사를 드리고 싶었습니다. 노인은 저를 보더니 얼굴이 무척 맑아졌다고 하더군요. 제가 봐도 그랬습니다. 얼굴이 맑아진 것은 제 안에 있던 나쁜 무언가가 빠져나갔기 때문일 테지요."

그는 생각에 잠긴 표정으로 물끄러미 바다를 바라보았다.

"툰드라에서 지내는 동안 저는 그전과는 다른 방식으로 시간을 감각했습니다. 우리가 영위하는 일상의 시간은 분절되어 있습니다. 하루는 스물네 시간으로, 한 시간은 육십 분으로, 일주일은 일곱 날로, 한 달과 한 해도 일정한 조각으로 분절되어 있지요. 툰드라에서는 시간이 부드럽게 이어져 흘러가는 듯했습니다. 이상하게 들릴지 모르겠습니다만 흘러가는 시간에 몸과 마음이 섞여드는 듯한 느낌을 자주 받았습니다. 이런 이야기를 노인에게 했더니 노인은 그렇게 하다보면 마음속의 독이 빠져나갈 거라고 하면서, 자신의 독도 그렇게 뺐다고 했습니다. 어떤 독이냐고 물었더니 노인은 스페인 내전 때 어머니와 아내, 어린 아들이 파시스트 군대에게 학살당했다고 담담하게 말하더군요."

카네티는 주방을 보았다. 노인은 여전히 무언가를 열심히 만들고 있었다. 오랫동안 잊고 있었던 다니엘의 모습이 떠올랐다. 1939년 여름 런던에서 거처를 정하지 못하고 싸구려 호텔에 머물고 있을 때 누군가가 다급히 문을 두드렸다. 문을 여니 남루한 옷에 안색이 창백한 남자가 절박한 목소리로 도움을 요청하러 왔다고 말했다. 스페인 내전에서 파시스트 세력이 승리하자 파리를 거쳐 런던으로 온 망명자였는데, 영어를 몰라 서류를 제출할 수 없다는 것이었다. 그가 다니엘이었다.

정치에 관심이 없었던 다니엘이 파시스트와 싸운 것은 여동생 때문이었다. 직물공장 노동자였던 여동생은 노조 카드를 갖고 있었다는 이유로 체포되어 파시스트 장교에게 심문받은 후 병사 수십 명이 쉬고 있는 학교의 작은 교실에 내던져졌다. 그날 저녁 누군가가 여동생을 업고 집으로 왔다. 어머니는 여동생에게 아무것도 묻지 못했다. 한눈에 다 알아버린 것이었다. 다음날 아침 어둑한 창고에서 목을 매고 죽어 있는 여동생을 보았다고 다니엘은 울음 섞인 목소리로 말했다.

"그해 12월 저는 홀로 툰드라의 오두막으로 갔습니다. 해 없는 날을 한 달 가까이 보내면서 겨울잠을 자는 동물처럼 잤습니다. 그러다보니 식사량이 자연히 줄어들었습니다. 하루에 한 끼를 먹다가 나중에는 하루쯤은 먹지 않아도 괜찮더군요. 물은 자주 마셨습니다. 한 달 후 저는 무어라고 표현할 수 없는 설렘과 기쁨에 싸여 떠오르는 해를 보았습니다. 정말 새롭게 태어나는 듯한 느낌이었습니다. 그 설렘과 기쁨을 해마다 누렸습니다."

"당신의 그림에 깃든 평온함의 실체가 눈에 환히 보이오. 저 혁명가에게 술 한 잔을 드리고 싶소."

카네티는 주방의 노인을 바라보며 다정한 목소리로 말했다.

3

스웨덴 헬싱보리에서 발트해를 건너는 여객선을 탄 지 삼십 분도 채 지나지 않아 덴마크 헬싱외르에 도착했다. 카네티는 해안선을 따라 느릿느릿 걸었다. 하늘은 청명했다. 드문드문 떠 있는 구름이 희게 빛났다. 해안선 너머로 크론보르성이 어렴풋이 보였다. 오래전부터 찾아오고 싶었던 성이었다. 헬싱외르의 영어식 표기는 엘시노어다. 크론보르성이 〈햄릿〉의 주요 무대인 엘시노어성인 것이다. 1816년 '셰익스피어 페스티벌'이 시작되면서 수많은 햄릿이 크론보르성의 무대에 머물다 떠났다.

어머니는 셰익스피어를 무척 사랑했다. 그녀 앞에선 셰익스피어에 대해 작은 험담도 할 수 없을 정도였다. 카네티는 그 특별한 사랑이 아마추어 배우 시절 어머니가 오필리아 역을 맡았기 때문이라 생각했다.

어머니는 아버지와 연애하던 시절의 이야기는 비교적 자주 한 반면 배우 활동에 대한 이야기는 거의 하지 않았다. 카네티가 물으면 짧게 대답하고 넘어갔다. 1935년 첫 장편소설 『현혹』이 출간되자 어머니는 소녀 시절부터 작가를 꿈꾸었는데 아들이 대신 이루었다, 소설 속 인물의 내면에서 자신의 모습이 보여 아들의 소설이 자신의 일부처럼 느껴졌다, 자신도 인간을 그렇게 보았기 때문에 자신이 소설을 썼다면 그렇게 쓸 수밖에 없었을 것이다, 라고 말하더니 그때 처음으로 〈햄릿〉 연극 무대에서 자신이 맡은 오필리아 역에 대해 이야기해주었다.

"오필리아의 존재성은 아버지에게 순응하는 딸의 모습과 햄릿을 사랑하는 여인의 모습으로 이루어져 있어. 그런데 햄릿이 오필리아의 아버지를 살해했으니 오필리아의 존재성은 찢길 수밖에 없었지. 오필리아는 낮도 아니고 밤도 아닌 시간 속을 흘러다니게 돼. 삶과 죽음이 뒤섞인 시간 말이야. 하지만 균형은 곧 깨져. 밤이 낮을, 죽음이 삶을 삼켜버리거든. 배우는 그가 맡은 인물의 내면에서 일어나는 시간의 움직임을 느껴야 해. 난 내 안의 오필리아에게 다가오는 죽음의 기척을 느끼려 노력했어. 그렇지 않으면 그건 가짜 오필리아니까."

어머니의 시선은 먼 곳을 보는 듯했다.

"난 미친 오필리아가 물가에 피어 있는 꽃을 꺾을 때 죽음의 기척을 느꼈어. 놀랍지 않니? 추상적으로만 생각했던 죽음을 허구의 공간인 연극무대에서 구체적으로 감각했다는 사실이."

수도원의 작은 묘지에서 열한 살 아들에게 처음으로 죽음에 대해 이야기한 지 십구 년 만에 다시 죽음을 끄집어낸 것이었다. 어머니는 그 이듬해 돌아가셨다. 어머니의 죽음 앞에서 카네티는 어머니가 오필리아를 이야기할 때 이미 죽음의 기척을 느꼈지 않았을까 생각했다.

해자로 둘러싸인 크론보르성은 해안선 끝의 낮은 언덕 위에 있었다. 르네상스 양식의 육중한 석조건물이었다. 카네티는 하늘로 치솟아오른 두 개의 푸른색 첨탑을 올려다보았다. 햄릿이 아버지의 유령을 본 곳이 엘시노어성의 망대였으니 저 첨탑 가운데 하나가 유령의 공간일 것이었다.

끔찍한 진실을 보아버린 인간이 행복해지는 것은 불가능하다. 햄릿의 광기, 음울한 유머, 요설, 쉽없는 독백, 격정, 행동의 질주는 끔찍한 진실을 견디기 위한 햄릿의 몸짓이다. 그 몸짓의 첫 희생자가 오필리아의 아버지 폴로니어스이다.

그이는 죽었어요, 가버렸어요.
머리에는 초록빛 잔디가 깔려 있고,
발끝에는 묘석이 있어요.
산에 내린 눈처럼 수의는 희어라……
꽃상여 타고 그이는 가네.
울음의 눈물을 헤쳐 무덤으로 가네.

오필리아의 노래 속 그이는 아버지가 아니다. 햄릿이다. 햄릿이 그녀의 아버지를 죽임으로써 그녀의 가슴에 깃든 햄릿이 죽은 것이다. 그녀가 정신을 놓은 것은 아버지의 죽음 때문이 아니라 햄릿의 죽음 때문이다. 그 오필리아가 마르타의 편지에 등장했을 때 카네티는 아득해질 수밖에 없었다. 어머니가 무대에서 살아낸 오필리아의 시간, 낮과 밤이 뒤섞이고 삶과 죽음이 뒤섞인, 그러다 마침내 밤이 낮을, 죽음이 삶을 삼켜버린 그 시간을 마르타가 자신의 어머니에게서 느꼈다고 생각하니 현기증이 일었다.

쿠바 청년이 티나의 유품이라며 마르타의 편지와 함께 가져온 오래된 아랍어 사전은 마르타가 하라르의 커피 농장을 떠나게 되어 집을 정리할 때 벽장 깊숙한 곳에서 발견했다는 그 사전인 듯했다. 마르타는 티나에게 쓴 편지에서 벽장 속의 사전을 랭보가 어머니에게 보내달라고 한 아버지의 아랍어 사전과 연관 지었다. 티나의 유품에 그 사전이 있는 걸로 보아 티나가 마르타의 그런 생각을 마음으로 받아들인 듯했다.

봄이 오면서 정원의 라일락나무에 꽃이 피자 나무 아래 의자에 앉아 책을 읽던 티나의 모습이 떠올라 카네티의 가슴이 무너졌다. 티나는 꿈에도 자주 나타났다. 꿈속에서 티나는 주로 물속을 떠다녔다. 간혹 강 밑바닥으로 가라앉은 채 가만히 누워 있기도 했다. 누워 있는 티나의 몸이 푸르게 빛났다. 몸은 금방이라도 움직여 물고기처럼 유영하거나 새처럼 날아오를 것 같았다.

크론보르성 입구에 새겨진 두 여신이 카네티의 눈길을 끌었다.

두 여신 곁에는 모래시계와 해골이 있었다. 인간은 모르는 것에 공포를 느낀다. 그 공포를 극복하려고 노력하는 과정에서 문명이 이루어졌다고 해도 지나친 말은 아닐 것이다. 하지만 아무리 발버둥을 쳐도 알 수 없는 것이 죽음이었다. 죽음은 영원한 미궁이었다.

〈햄릿〉에서 극의 시간은 거역할 수 없는 힘에 이끌려 죽음이라는 심연 속으로 소용돌이치며 빨려들어가는 형태를 취한다. 어머니는 미친 오필리아가 물가에 피어 있는 꽃을 꺾을 때 오필리아에게 다가오는 죽음의 기척을 느꼈다고 했다. 그 순간 어머니는 자신의 생애를 잊고 오필리아의 생애 속으로 휩쓸려 들어가 죽음의 심연과 마주하지 않았을까.

카네티는 르네상스와 바로크 양식으로 장식된 성안의 방들을 찬찬히 살펴보았다. 〈햄릿〉의 무대공간과 흡사한 그 공간들을 보는 동안 〈햄릿〉 속 장면들이 자연스럽게 떠올랐다. 햄릿의 내면을 들여다보면 카네티의 눈에 아이가 보였다. 어머니에게 버림받아 절망과 허기로 얼굴이 노인처럼 쭈글쭈글해진 아이였다.

—당신은 시동생의 아내이시면서 제 어머니이십니다.

가슴을 찌르는 듯한 아들의 말에 거트루드가 방에서 나가려 하자 햄릿은 그녀의 팔을 붙들고 말한다.

—진정하시고 여기 앉으세요. 거울로 어머니 마음속 깊은 곳까지 환히 비춰 보여드릴 테니 꼼짝 말고 계세요.

인간에게 낙원은 꿈의 대상일 뿐이다. 그럼에도 인간은 낙원을 경험한다. 낙원의 공간은 어머니의 몸안에 있는 어둡고 따뜻한 물의 세계이다. 태아 시절은 인간이 자신의 삶에서 낙원을 경험하는 유일한 시간이다. 태아와 어머니는 그렇게 낙원의 시간으로 이어져 있기 때문에 서로에게 완전한 연인과도 같다. 탄생이란 낙원에서 빠져나온다는 걸 뜻한다. 우리는 태아 시절을 기억하지 못한다. 낙원의 시간을 기억하지 못하는 것이다. 하지만 잊었다고 해서 사라졌다고 할 수 있을까. 낙원의 기억이 무의식 속 어딘가에서 숨쉬고 있기에 인류는 끊임없이 유토피아를 꿈꾸는 게 아닐까. 어머니가 근원적 존재일 수밖에 없는 이유가 거기에 있다고 카네티는 생각했다. 햄릿은 근원적 존재로부터 버림받은 것이다.

—감각은 없어도 눈이 있었다면, 눈은 없어도 감각이 있었다면, 손이나 눈은 없어도 귀가 있었다면, 하다못해 코라도 있었다면, 비록 병들었어도 진정한 생각이 한 토막이라도 있었다면 이토록 어리석은 짓은 저지르지 않았을 겁니다.

이것은 젊은 햄릿의 말이면서 동시에 근원적 존재로부터 버림받아 얼굴이 노인처럼 쭈글쭈글해진 아이의 말이기도 하다. 그 아이는 햄릿의 의식에는 나타나지 않는다. 무의식 속에 숨어 있기 때문이다. 아버지가 유령이 되어 햄릿 앞에 나타난 것은 햄릿의 무의식이 간절히 원했기 때문이다. 유령의 세계는 무의식의 세계다. 유령은 의식의 시선이 닿지 않는 곳에서 비로소 숨쉰다. 의식은 무의식을 이기지 못한다. 의식과 무의식이 맞설 때 의식은 무의식에 의해 찢긴다. 햄릿이 비극적 존재일 수밖에 없는 이유가 여기에 있다.

노인처럼 쭈글쭈글해진 아이는 레넌의 마음속에도 있었다. 레넌은 어머니에게 여러 차례 버림받았다. 마지막으로 버림받은 건 어머니가 돌연히 죽으면서였다. 죽음은 영원한 버림받음이다. 레넌의 의식도 무의식에 의해 찢겼을 것이다. 그럼에도 레넌이 분열의 상처에 함몰되지 않았던 데에는 음악이 커다란 역할을 했을 것이라고 카네티는 생각했다.

상처가 변화하지 않으면 자아는 상처에 갇힌다. 예술은 상처를 변화시키는 훌륭한 표현 수단이다. 그렇다고 해서 분열 상태가 말끔히 사라지는 건 아닐 것이다. 때때로 분열의 상처가 레넌의 자아를 심각하게 위협했을 것이다. 그럴 때 레넌은 약물의 힘을 빌려 환각의 세계로 도피했지만 그것은 일시적인 도피일 뿐이었다. 레넌의 내면 어딘가에 숨어 있는 아이가 원한 것은 어머니였다. 그 아이가 어떤 여인에게서 어머니의 냄새를 맡았던 것 같았다. 전위예술가 오노 요코에게서였다.

4

레넌이 요코를 처음 본 건 1966년 11월 9일 런던 인디카 갤러리에서였다. 당시 요코는 인디카 갤러리에서 자신의 전시회를 준비하던 중이었다. 머리에서 발끝까지 검은색에 싸인 요코는 레넌에게 카드 한 장을 내밀었다. 카드에는 '숨을 쉬시오!'라고 적혀 있었다. 레넌은 깊이 숨을 쉬었다. 관객이 직접 못을 박는 '못박기 회화'에 흥미를 느낀 레넌이 지금 못질을 해도 되느냐고 묻자 요코는 전시회가 개막되지 않았기 때문에 안 된다고 했다. 레넌이 실망하는 표정을 짓자 오 실링을 내면 못을 박을 수 있다고 요코가 말했다. 그러자 레넌은 "내가 눈에 보이지 않는 오 실링을 내겠으니 당신은 내가 상상의 못을 박도록 허락해주시면 된다"고 말하고는 가상의 오 실링을 요코에게 건넸다. 레넌이 망치로 못을 치는 시늉을 하는 그 순간 레넌과 요코가 서 있던 자리가 극의 공간으로 변했을 거라고 카네티는 생각했다. 극의 공간으로 바꾼 이는 노인처럼 쭈글쭈글해진 레넌의 아이였을 것이다. 아이에게는 요코를 어머니로 변신시키는 극의 공간이 간절히 필요했을 테니까.

아이는 레넌의 무의식적 존재였다. 레넌은 무의식적으로 그런 행위를 한 것이었다. 레넌은 그 작은 행위가 자신의 삶을 통째로 바꿀 줄은 까맣게 몰랐을 것이다. 훗날 레넌은 카네티에게 요코가 건넨 카드의 지시대로 숨을 쉬는 순간, 숨쉬는 행위가 그전과 다르게 느껴졌다고 고백했다. 마치 처음으로 숨을 쉬는 듯했다는 것이었다. 처음으로 숨을 쉬었다는 것은 새로운 생명으로 태어났다는 것을 뜻한다.

1969년 3월 레넌은 자신을 새롭게 태어나게 한 일곱 살 연상의 요코와 지브롤터에서 결혼했다. 그 전해에 발표한 두 사람의 공동 작품 '두 동정(Two Virgins)' 앨범 표지에 그들의 나체를 흑백으로 촬영한 사진을 넣고, 결혼 후 암스테르담 힐튼호텔 침대에서 잠옷 차림으로 평화와 반전 퍼포먼스를 펼쳤을 때 카네티는 그들이 즉흥연기의 핵심인 '아이의 순수한 놀이'로 자신들의 생각을 세상에 표현하는 거라고 생각했다.

레넌은 때때로 내면의 아이에게 저항하기도 했다. 그 저항은 요코를 부정하는 모습으로 나타났지만 아이를 이길 수는 없었다. 의식이 무의식을 이길 수는 없는 것이었다. 그렇다고 의식이 언제나 약한 모습만 보인 것은 아니었다. 레넌의 의식이 무의식과 팽팽하게 맞설 때도 있었다. 레넌에게는 위험한 시간이었다. 두 세계가 날카롭게 충돌할 때면 정체성의 혼란에 빠지면서 일상의 감정이 분열되었기 때문이다. 레넌이 그런 모습을 보인 것은 자신의 음악에 대한 실망감, 자신을 추방하려는 미국 이민국과의 소송 등으로 인한 정신적 고통 속에서 반전운동가로서 자신의 활동에 좌절을 느끼기 시작한 1973년부터였다. 요코와 날카롭게 충돌한 것이었다.

그해 10월 레넌은 뉴욕을 떠나 로스앤젤레스로 갔다. 요코로부터 벗어나고 싶었기 때문이다. 하지만 로스앤젤레스에서의 삶은 황폐했다. 존재적 불안감이 레넌을 술과 약물에 빠지게 했고, 그로 인한 발작과 광기가 존재적 불안감을 증폭시켰다. 그것이 때때로 자기파멸적 행동을 불러일으켜 주변 사람들이 그를 침대에 묶어두기까지 했다. 1974년 8월 레넌은 자신이 작곡한 곡의 악보 한 장을 들고 뉴욕으로 돌아왔다. 노래 제목은 '그대가 지쳐 쓰러져 있을 때에는 아무도 그대를 사랑하지 않는다(Nobody Loves You (when You're Down and Out))'였다.

그로부터 오 개월 후인 1975년 1월 레넌은 요코가 있는 아파트로 들어갔다. 레넌의 내면 속 아이가 어머니를 잊을 수 없었던 것이다. 얼마 후 요코는 임신했고, 레넌의 서른다섯번째 생일인 10월 9일 아이가 태어났다. 레넌은 외부의 모든 일을 요코에게 맡기고 자신은 아이 키우는 일에 전념하기로 했다. 역할 바꾸기를 한 것이었다. 음악 활동도 중단했다. 카네티는 레넌의 그런 모성적 모습이 레넌의 내면에 있는 아이에게 좋은 영향을 줄 것으로 보았다.

1977년 가을 카네티는 레넌의 전화를 받았다. 일본이라고 했다. 일본에서는 자신을 알아보는 사람이 거의 없는데다 간혹 누군가가 자신을 알아보더라도 극성스러운 행동을 하지 않아 좋다고 하면서, 음악을 고통 없이 그만둘 수 있을 것 같다고 했다. 하지만 레넌은 음악을 그만두지 못했다. 1980년 8월 요코와 함께 새로운 음악을 만든다고 공표했고, 삼 개월 후 앨범 '이중 환상곡(Double Fantasy)'을 세상에 내놓았다. 레넌은 자신이 음악을 찾은 것이 아니라 음악이 자신을 찾아왔다고 했다.

1980년 12월 8일 오후 다섯시 레넌은 신작 앨범 '이중 환상곡' 가운데 싱글 발표곡을 정하는 회의에 참석하기 위해 요코와 함께 아파트를 나섰다. 레넌이 아파트 입구로 나왔을 때 스물다섯 살의 청년 마크 채프먼이 재빨리 다가와 '이중 환상곡' 앨범을 내밀었다. 레넌은 '존 레넌 1980'이라고 사인해준 후 대기하고 있던 리무진을 탔다.

리무진은 열시 오십분경 아파트로 다시 돌아왔다. 요코가 차에서 먼저 내렸고, 이어 레넌이 내렸다. 손에 카세트테이프와 녹음기를 들고 아파트 입구로 들어서는데 누군가가 "미스터 레넌" 하고 불렀다. 레넌이 얼굴을 돌리자 손에 총을 든 남자가 보였다. 마크 채프먼이었다. 그는 방아쇠를 당겼고, 두 발의 총탄이 레넌의 왼쪽 등을 관통했다. 레넌의 몸이 뒤틀리면서 채프먼과 마주하게 된 순간 세 발의 총탄이 발사되었다. 두 발은 목과 어깨를 파고들었고, 한 발은 빗나갔다. 채프먼은 도주하지 않고 그 자리에 앉아 경찰이 올 때까지 샐린저의 소설 『호밀밭의 파수꾼』을 읽었다. 병원에 옮겨진 레넌은 열한시 십오분경 과다출혈로 숨졌다.

카네티는 레넌이 피격당한 날 취리히공항에서 런던행 비행기를 탔다. 히스로공항에 내려 지하철을 타고 테이트미술관과 가까운 역에 내렸다. 오후 네시경 템스 강변 근처의 작은 호텔에 투숙한 그는 날씨가 따뜻해 강변을 산책했다.

카네티가 런던 햄스테드를 떠나 취리히로 거주지를 옮긴 것은 티나가 죽은 지 사 년 후인 1971년이었다. 티나의 흔적이 곳곳에 배어 있는 햄스테드 집을 떠나기로 결심하기까지 수많은 마음의 파고를 겪어야 했다.

취리히는 카네티가 열한 살부터 열여섯 살까지 살았던 도시였다. 1914년 1차세계대전이 일어나자 불안을 느낀 어머니는 이 년 후 빈을 떠나 스위스 취리히로 이주했다. 취리히는 소년에서 청년으로 성장하는 동안 살았던 도시였기에 카네티에게 특별한 향수를 불러일으켰다. 그 향수의 중심에는 고통의 본질을 작품으로 보여줌으로써 작가의 진정한 존재성을 깨닫게 해준 미켈란젤로가 숨쉬고 있었다. 카네티를 취리히로 이끈 이는 미켈란젤로였다.

다음날 오전 열시 삼십분 테이트미술관에 들어간 카네티는 오후 두시 조금 못 되어 홀을 나왔다. 피로감에 걸음이 휘청거렸다. 그림이 불러일으키는 강렬한 감정 때문이었다. 가장 오래 들여다본 그림은 터너의 〈황금가지〉와 밀레이의 〈오필리아〉였다.

카네티가 마르타의 편지에서 그녀의 어머니가 아버지의 이름까지 숨긴 이유를 프레이저의 『황금가지』를 통해 알았다는 사실을 곱씹던 중 '신비적 충격'이라는 말이 떠올랐다. 프레이저가 『황금가지』라는 놀라운 책을 쓴 것은 터너의 그림 〈황금가지〉에서 신비적 충격을 받았기 때문이며, 터너가 〈황금가지〉를 그린 것은 베르길리우스의 서사시 『아이네이스』에서 신비적 충격을 받았기 때문이라고 카네티는 생각했다. 랭보와 마르타가 똑같이 베르길리우스의 생애와 시에 매료되었다는 사실에 내재된 우연과 운명의 필연성이 베르길리우스의 서사시에서 터너와 프레이저로 이어지는 관계의 연결 고리에서도 보여 경이로웠다. 오필리아도 마찬가지였다. 랭보의 시가 밝히는 오필리아 죽음의 모든 이유들이 어머니가 죽은 이유처럼 느껴졌다는 마르타의 고백에 카네티는 신비한 충격에 사로잡혔다.

카네티는 미술관 마당의 나무의자에 앉아 하늘을 올려다보았다. 미술관에 들어오기 전만 해도 금방 비가 내릴 듯 잔뜩 흐렸던 하늘이 그림을 보고 나오자 말갛게 개어 있었다. 따뜻한 햇살이 몸속으로 기분좋게 스며들었다. 얼마나 시간이 흘렀을까. 어떤 소리에 눈을 떴다. 정신이 몽롱했다. 눈을 감고 있는 동안 티나를 본 것 같기도 했고, 마르타를 본 것 같기도 했다. 꿈을 꾼 것인지 환영에 사로잡힌 것인지 알 수 없었다. 사람의 목소리가 들려왔다. 소리가 나는 쪽으로 고개를 돌리니 의자에 앉아 있는 십대 소년 세 명이 보였다. 일어서야지, 생각하는데 가죽점퍼에 청바지를 입은 소년이 의자에서 벌떡 일어나 두 팔을 뻗으며 "존 레넌이 죽었어!" 하고 외쳤다. 그러자 나머지 두 소년은 의자에 앉은 채로 그와 똑같이 외쳤다. 장난의 기색이 전혀 없는 그들의 모습에 놀란 카네티는 그들에게 다가가 왜 그런 소리를 하느냐고 물었다. 가죽점퍼 소년이 "존 레넌이 어젯밤 뉴욕에서 총에 맞아 죽었어요" 하고 슬픈 목소리로 말했다. 소년의 눈에는 눈물이 그렁그렁했다.

5

크론보르성을 나왔을 때 카네티는 심한 피로를 느꼈다. 인간의 운명이 죽음을 축으로 하여 소용돌이치는 극의 세계가 불러일으키는 피로였다. 오후의 햇살에 잠긴 바다는 고요했다. 현기증 탓에 청록의 빛에 싸인 하늘과 바다는 구분되지 않았고, 빛과 물도 구분되지 않았다. 불현듯 지나간 생애가 꿈인 듯 여겨졌다. 1966년 7월의 저녁이 생각났다. 라몬으로 변신한 체와 레넌이 나누었던 이야기들이 귓전을 맴돌면서 마르타와 티나의 숨겨진 생애, 아스트리드의 집에서 「골짜기에 잠든 자」를 둘러싸고 일어났던 일, 3이라는 숫자의 완전성과 신성성을 이야기했을 때 체와 레넌이 지었던 표정들이 어렴풋이 떠올랐다.

레넌의 말대로 체가 고고학자였다면 어떠했을까? 쿠바혁명은 물론 세계는 다른 모습으로 흘러갔을 것이고 티나는 쿠바로 가지 않았을 것이다. 하지만 지나간 삶은 고칠 수 없다. 그런 일회적 삶을 극은 수많은 삶으로 변주한다. 체가 라몬으로 변신한 그날의 저녁은 어떤 의미에서 극의 세계이기도 했다.

카네티는 취리히로 이주하기로 결심한 1971년 7월 초, 레넌을 런던 햄스테드의 집으로 초대했다. 티나의 죽음 이후 카네티는 사람을 멀리했다. 그동안 레넌에게서 여러 차례 전화가 왔지만 의례적인 대화만 하고 금방 끊었다. 초대 연락에도 완곡히 사양했다.

티나의 죽음을 제대로 바라볼 수 있을 때까지는 마음속에 묻어두고 혼자 있고 싶었다. 하지만 햄스테드를 떠나기로 결심하자 레넌에게는 티나의 죽음을 알려야 한다고 생각했다. 그것은 레넌에 대한 최소한의 예의이기도 했지만, 레넌에게 알림으로써 티나의 죽음을 객관화하려는 마음의 작용이기도 했다.

레넌을 초대한 날 저녁 라일락나무 아래에 식탁을 차렸다. 흰 식탁보 위에 완두콩과 아스파라거스, 치즈퐁뒤, 오믈렛과 함께 이탈리아 토스카나산 와인과 프랑스 가스코뉴산 브랜디를 놓았다.

"식탁의 음식이 낯익네요."

레넌이 싱긋 웃으며 말했다.

"당신의 집에서 라몬 선생과 함께했던 저녁 식탁을 흉내내었소. 내가 잘 아는 식당 주인에게 부탁했소."

"그날이 좋으셨던 모양이네요."

"그날이 그리워지곤 하오."

"라몬 선생님은 지금 어디서 무얼 하시는지 궁금하네요."

"라몬 선생은……"

카네티는 라몬이 체라는 사실을 밝히면서 당시 체가 자신을 숨길 수밖에 없었던 이유를 이야기했다. 레넌은 크게 충격을 받은 듯 이야기를 듣는 내내 상기된 표정이었다. 이야기가 끝난 후에는 한동안 멍한 상태 속에 있었다.

"어릴 적 아버지를 찾아 떠나곤 했던 상상 여행은 아버지가 제

앞에 나타남으로써 무너졌습니다. 소중한 추억을 상실한 거지요. 그 텅 빈 자리에 언젠가부터 체 게바라의 삶이 흘러들어 왔습니다. 돌이켜보면 제가 그분의 삶을 들여다보고, 그분의 연설을 찾아 읽고, 그분이 홀연 사라지자 그분의 행방을 상상으로 추적했던 이유는 텅 빈 제 가슴의 한 부분을 채우기 위해서였습니다. 그런 그분이 제 앞에 있었다니……"

레넌은 입을 벌린 채 상념에 빠져들었다.

"그분이 사망했다는 소식이 뉴스에 나왔을 때 전 받아들이지 않았습니다. 그분이 죽은 게 사실이라면 저의 상상 여행은 다시 무너지니까요. 하지만 죽음이 사실로 판명되자 무척 고통스러웠습니다. 엡스타인이 죽었을 때 느꼈던 고통이 되살아나더군요."

리버풀의 무명 그룹이었던 비틀스를 월드 스타로 만든 엡스타인은 1967년 8월 약물 과다 복용으로 사망했다. 엡스타인의 돌연한 죽음에 레넌이 엄청난 충격을 받은 것은 그에게서 부성(父性)을 느껴왔기 때문이었다. 아버지를 상실한 아이는 본능적으로 아버지의 대리인을 찾는다. 레넌은 리버풀의 촌뜨기였던 자신을 세계적 인물로 만든 엡스타인에게서 아버지의 권능을 느꼈었다.

"천국도 지옥도 없는 세상을 꿈꾼다는 라몬 선생님의 말이 생각나네요. 그분은 랭보를 좋아한다고 했어요. 체 게바라가 랭보를 좋아한다는 사실도 놀랍군요."

말을 하고 나서 레넌은 갑자기 놀란 표정으로 카네티를 보았다.

"선생님의 따님은……"

레넌은 더이상 말하기가 두려운 듯 입을 다물었다.

"티나는 죽었소."

카네티는 티나가 죽음에 이르기까지의 과정을 힘겹게 이야기했다. 레넌은 눈물을 글썽이며 어떻게 위로해드려야 할지 모르겠다고 말했다.

"티나가 죽은 건 피할 수 없는 운명이었소. 운명은 위로의 대상이 아니오. 미켈란젤로의 〈론다니니 피에타〉를 아시오?"

"〈바티칸 피에타〉는 보았습니다만……"

"아름다운 피에타를 보았구려. 〈바티칸 피에타〉가 아름다운 건 미켈란젤로가 젊었을 때 만들었기 때문일 것이오."

미켈란젤로가 스물네 살 때 만든 〈바티칸 피에타〉는 흠이 없는 매끈한 아름다움을 보여준다. 안정적인 삼각의 구도 속에서 두 무릎과 오른팔로 예수의 시신을 편안히 안고 있는 마리아의 모습은 종교적 숭고미에 싸여 있다.

"〈론다니니 피에타〉는 미켈란젤로가 여든아홉 살 때 만든 작품이오. 숨을 거두기 사흘 전까지 망치와 끌을 손에서 놓지 않고 그 작품을 붙들고 있었소. 미켈란젤로에게 대리석은 신성한 물질이었소. 죽음의 기척에 둘러싸인 채 마지막 에너지를 소진시키면서까지 그가 신성한 물질을 통해 무엇을 그토록 간절히 보려고 했는지, 그리고 그것을 보았는지, 난 오래전부터 궁금했소."

카네티는 바람에 흔들리는 라일락 잎을 가만히 올려다보며 말했다.

"〈론다니니 피에타〉는 〈바티칸 피에타〉와 달리 불안정한 수직적 구도인데다 예수의 얼굴은 이목구비가 뚜렷하지 않고, 늙고 지쳐 보이는 마리아의 얼굴도 윤곽이 분명치 않소. 마리아가 죽은 예수를 뒤에서 감싸안은 형상인데, 예수의 다리가 위태롭게 꺾여 있어 금방이라도 쓰러질 듯 보이오. 마리아는 그런 예수가 힘에 겨워 겨우 붙잡고 있소. 방향을 달리해서 보면 죽은 예수가 슬픔에 빠진 마리아를 업고 있는 듯한 모습으로 보이기도 한다오. 그런가 하면 예수가 자신의 왼쪽 어깨에 놓인 마리아의 손을 보면서 말을 건네고 있고, 마리아는 아들의 말에 귀를 기울이고 있는 듯도 하오. 그런 모습들에는 어떤 신성한 빛도 종교적 숭고미도 없소. 유한한 육신의 인간이 겪는 슬픔과 고통만 있을 뿐이오."

"선생님의 말씀을 들으니 직접 가서 보고 싶군요."

"당신이 그 피에타를 보면 많은 생각을 하게 될 거요. 미켈란젤로는 여섯 살 때 어머니를 잃었소. 그의 마지막 작품이 피에타인 것은 그 사실과 연관이 있을 것이오."

미켈란젤로는 〈바티칸 피에타〉를 시작으로 세상을 떠날 때까지 모두 네 개의 피에타를 남겼다. 그중에서 주문을 받아 만든 것은 〈바티칸 피에타〉뿐이었다.

"난 일곱 살 때 아버지를 잃었소. 그날 아침까지 멀쩡했던 아버지는 눈 깜짝할 사이에 세상을 떠났소. 그때부터 난 아버지의 죽음을 등에 짊어지고 살아왔소. 내가 어떻게 작가가 되었는지 당신은 알 것이오. 내 등에 업힌 아버지가 나를 작가로 변신시킨 것이오. 그 과정에서 난 미켈란젤로에게 결정적인 은혜를 입었소. 진정한 작가는 고통을 질료로 작품을 창조한다는 사실을, 작가가 고통에 저항한다는 것이 얼마나 비천한 행위인가를 미켈란젤로는 나에게 가르쳐주었소."

카네티의 시선이 라일락나무에 잠시 머물렀다 돌아왔다.

"티나의 죽음 이후 〈론다니니 피에타〉가 자주 떠올랐소. 처음에는 왜 떠오르는지 몰랐소. 그러다 어느 순간 깨달았소. 내가 티나의 죽음을 뒤에서 힘겹게 껴안고 있다는 사실과, 티나의 죽음으로 기진해 있는 나를 티나가 등에 짊어지고 있다는 사실을 말이오. 그동안 난 티나의 죽음 속에서 허우적거리고만 있었을 뿐 티나가 나를 등에 짊어지고 있었다는 사실은 몰랐던 거요."

카네티의 목소리가 잠겨들었다.

"지난 사 년 동안 난 티나의 흔적이 밴 이 집에 갇혀 있었소. 티나의 방이 무덤처럼 느껴지는가 하면 티나가 금방이라도 방에서 나올 것 같은 느낌에 사로잡히곤 했소. 봄이 오면 라일락나무 아래 의자에 앉아 책을 읽던 티나의 모습이 환영처럼 자주 떠올랐소. 티나가 환영을 통해 삶과 죽음 사이를 오가는 동안 나 역시 삶과 죽음 사이를 오갔소."

"선생님이 왜 이 집을 떠나려 하시는지 알 것 같습니다."

"등에 업힌 아버지가 나를 작가의 길로 이끌었다면 나를 등에 업은 티나는 새로운 문학의 길로 나를 이끌 것이오. 티나가 성좌적 존재임을 아는 이는 이제 세상에서 나와 당신뿐이오. 성좌적 존재는 베일에 가려져 있기 마련이오. 그 베일을 함부로 들추어서는 안 되오. 왜냐하면 세속은 성좌적 존재를 견디지 못하기 때문이오. 역사에서 수많은 성좌적 존재들이 참혹한 모욕을 당하다 죽어간 사실을 어렵지 않게 찾을 수 있소. 모욕한 이들은 자신이 무슨 짓을 했는지조차 모르오. 그러다 어느 날 알게 된다오. 자신이 모욕한 이가 성좌적 존재였음을."

하늘이 어두워지면서 별이 보였다. 어머니는 전갈자리를 좋아했다. 젊고 경험 없는 파이톤이 태양신의 말들을 몰 때 전갈이 말들을 날뛰도록 했기 때문이라고 했다. 저 빛들은 과거의 빛이다. 전갈자리에 위치한 어떤 별은 지구에서 육백 광년의 거리에 있다. 우리의 눈에 닿는 그 별은 육백 년 전에 발광한 모습인 것이다. 우주의 시간을 생각하면 인간의 생애가 아득해진다.

"우주의 무한은 유한의 오랜 축적의 결과라고 나는 생각하오. 유한의 존재인 인간이 무한을 갈망하는 것은 자신의 생명이 무한과 연결되어 있음을 느끼기 때문일 것이오. 우리 모두가 무한과 연결되어 있다는 자각은 인류가 지향하는 사랑의 시작점이자 종착점이오. 체는 자신의 생명이 인류와 연결되어 있음을 뼈저리게 인식한 드문 사람이었소. 티나는 체의 그런 모습을 보았기에 그를 따랐을 것이오. 난 지금도 모르겠소. 인류를 사랑하는 행위가 왜 비극 없이는 불가능한지를."

카네티는 가슴을 찌르는 듯한 슬픔을 느끼며 가물거리는 별들을 올려다보았다.

6

바다를 끼고 부드럽게 이어지는 길을 천천히 걸었다. 황갈색 요트가 수면 위에 한가롭게 떠 있었고, 그 너머로 회백색의 길쭉한 기선이 수평선의 일부분을 이루며 앞을 향해 나아가고 있었다. 카네티는 걸음을 멈추고 뒤를 돌아보았다. 크론보르성이 실루엣처럼 어른거렸다. 엘시노어의 묘지에서 광대 요릭의 해골을 들여다보는 햄릿의 모습이 떠올랐다. 햄릿은 어린 자신을 등에 업고 다녔던 요릭의 해골을 들여다보며 죽음의 기척을 느끼지 않았을까. 아니면 오필리아의 차가운 시신을 들여다보면서 느꼈을까. 고향 루세의 푸줏간 진열대에 놓여 있던 양의 머리가 생각났다. 눈이 감긴 양은 잠자는 듯했다. 금방이라도 눈을 뜰 것 같았다. 벽에 걸린 목 없는 양의 몸을 확인하고서야 양이 죽었다는 사실을 받아들였다.

존 버거는 「제국주의 이미지」라는 산문에서 신문 1면에 실린 체의 시신 사진을 보고 이탈리아 르네상스 화가 안드레아 만테냐가 그린 〈죽은 예수〉를 떠올렸다고 썼다. 양손의 위치, 구부러진 손가락의 형태, 목의 각도는 물론 예수의 하반신을 가리는 세마포와 체의 구겨진 올리브색 바지의 모양새도 흡사하다고 했다. 존 버거가 외양이 흡사하다는 이유만으로 그런 내용의 글을 쓰지 않았을 것이다.

화가의 시선은 차가운 대리석 위에 누워 있는 예수의 두 발에서 시작된다. 시선이 위로 올라가면서 원근법에 따라 응축된 하체와 흉곽을 거쳐 얼굴과 머리로 이어진다. 캔버스 아랫부분을 이루는 두 발바닥에는 못이 뚫고 들어간 구멍이 선명히 보인다. 캔버스 중앙에 위치한 손등의 못 구멍도 선명하다. 죽은 예수의 모습에서는 위엄도 숭고함도 신비감도 느껴지지 않는다. 생명이 빠져나간 육신 그 자체가 무심히 놓여 있을 뿐이다.

그림에서 카네티의 시선을 가장 강하게 끌어당기는 것은 못 구멍이었다. 예수는 두 개의 몸을 갖고 있다. 첫번째 몸은 생물학적 존재로서 예수라는 사람의 몸이다. 두번째 몸은 초월적 존재로서 그리스도의 몸이다. 가난한 이를 대접하는 것은 자신을 대접하는 것이라는 예수의 말은 초월적 존재의 몸에 근거를 두고 있다. 예수가 겪은 못의 고통은 초월을 위한 고통이었다.

뉴욕 타임스는 체가 전투에서 입은 부상으로 죽었다는 뉴스가 나오고 있었을 때 '만약 체 게바라가 볼리비아에서 사망했다면 체 게바라 본인뿐 아니라 그의 신화도 이제 잠들 것이다'라고 썼다. 하지만 존 버거는 뉴욕 타임스와는 대척적인 관점에서 체의 죽음을 보았다. 제국주의자들이 체의 신화에 종지부를 찍으려는 목적으로 시신 사진을 전 세계에 공개했지만 바로 그 목적 때문에 체는 오히려 죽음을 초월한 존재가 되었다고 말한 것이다.

체는 죽음과 맞서 죽음을 이겨냈지만 레넌은 달랐다. 그의 생애에서 삶의 빛이 가장 충만했던 시기에 죽음으로부터 급습을 당했다. 레넌은 요코가 낳은 아이를 키우는 일에 전념했다. 어머니가 자신에게 하지 못했던 일을 레넌은 그 아이에게 하려고 했다. 레넌 내면의 아이에게 요코는 어머니였다. 아이로서는 요코가 낳은 아이를 자신과 동일시하고 싶은 욕구를 품는 게 자연스럽다. 그러니까 레넌은 어머니가 되어 자신의 내면의 아이를 키운 것이었다. 레넌과 레넌 내면의 아이와의 관계가 새로워질 수밖에 없었다. 자아를 분열시킨 레넌의 상처가 회복의 길로 들어선 것이었다. 그런 레넌을 향해 겨누어진 마크 채프먼의 총구가 카네티에게 극의 장면처럼 보였던 이유는 거기에 있었다.

카네티는 물마루에서 부드럽게 미끄러지는 윈드서핑 보드를 가만히 바라보았다. 서로를 밀어내면서 끊임없이 갈라지고 합쳐지는 파도의 윤무 속에서 파도와 한몸처럼 움직이는 사람의 모습이 눈부셨다. 그 눈부심 앞에서 티나가 죽은 지 이십삼 년째 살고 있는 자신이 낯설었다.

카네티는 취리히로 이주한 1971년부터 회고록을 쓰기 시작했다. 자신을 등에 업고 쉼없이 말을 건네는 티나에게 그가 살아온 생애를 들려주고 싶었다. 그 작업은 유년 시절을 회고한 『구제된 혀』의 출간을 시작으로 1973년부터 1985년까지의 삶을 회고한 『시계의 비밀 심장』까지 십사 년 동안 모두 다섯 권의 책으로 마무리되었다. 회고록에서 티나 이야기는 하지 않았다. 티나라는 성좌적 존재를 통해 미켈란젤로의 〈론다니니 피에타〉 같은 작품을 만들고 싶었기 때문이다. 티나와 연관된 사람들도 회고록에서는 숨길 수밖에 없었다. 그런 생각을 하고부터 '내가 〈론다니니 피에타〉 같은 작품을 만들 수 있을까?'라는 두려움이 생겨났다. 두려움의 핵심은 고통이었다. '나의 고통이 미켈란젤로가 견딘 고통의 깊이에까지 이를 수 있을까?'라는 의문이 두려움을 불러일으킨 것이었다.

카네티는 바다를 등지고 들판을 걷기 시작했다. 들판 건너에 마을이 있었다. 몸을 감싸는 햇살이 포근했다. 들판을 반쯤 걸었을 때 뭔가가 눈에 걸렸다. 다가가서 보니 봉분이 꺼진 무덤이었다. 무덤 주위로 돌이 박혀 있었고, 금방이라도 쓰러질 듯한 나무 십자가가 무덤을 굽어보고 있었다. 표면에는 글자의 흔적이 흐릿하게 남아 있었다.

다리에 힘이 풀리면서 피로가 몰려왔다. 이런저런 생각을 하면서 걷다보니 너무 많이 걸은 것 같았다. 주변에 앉을 만한 데가 없어 카네티는 무덤 옆 풀밭에 앉았다. 앉아서 보니 세월에 납작해진 무덤이 아늑해 보였다. 파도 소리가 희미하게 들려왔다. 카네티는 스르르 누웠다. 햇빛이 밴 흙이 따뜻했고 풀들은 부드러웠다. 눈꺼풀이 무거워지면서 절로 감겼다. 티나의 등에서 그만 내려와 티나와 나란히 눕고 싶었다. 언젠가부터 어두운 회랑 속에 갇힌 듯한 느낌이 들었다. 〈론다니니 피에타〉는 어두운 회랑을 비추는 어슴푸레한 등불이었다. 저 등불이 있었기에 미켈란젤로는 망치와 끌을 손에서 놓지 못했을 것이다. 등불 너머에는 무엇이 있을까.

누군가의 시선이 몸에 닿았다. 자신을 내려다보고 있는 얼굴이 어렴풋이 보였다. 티나였다. 알 수 없는 빛에 싸인 티나가 그를 내려다보고 있었다. 티나의 얼굴은 한 사람의 얼굴이 아니었다. 시선이 늘 먼 곳을 향하고 있는 마르타의 얼굴이기도 했고, 티나에게서 신성한 존재를 인식한 체의 얼굴이기도 했고, 가슴속에 노인처럼 쭈글쭈글해진 아이를 품고 있는 레넌의 얼굴이기도 했다. 죽음의 기척에 둘러싸인 채 무엇인가를 간절히 보려고 한 미켈란젤로의 얼굴이기도 했고, 〈론다니니 피에타〉에 사로잡혀 어디론가 떠나지 못하는 자신의 얼굴이기도 했다.

작가의 말

『골짜기에 잠든 자』는 역사적 사실에 상상력을 덧붙인 팩션의 형태를 취하고 있습니다. 소설의 인물이 실존인물일 경우 장단점이 있습니다. 작가가 빠지기 쉬운 함정도 있겠지요. 인물의 행적이 사실과 유리되는 것을 경계해야 하지만, 사실에 의해 화석화되는 것도 경계해야 할 것입니다. 실존인물이란 상대적으로 낯익은 인물입니다. 이 낯익은 인물이 '미학적 허구'를 통해 낯선 인물로 재창조되는 지점에서 소설이라는 생명체가 비로소 숨쉴 것입니다.

『골짜기에 잠든 자』에 등장하는 주요 실존인물은 가수 존 레넌과 작가 엘리아스 카네티, 그리고 혁명가 체 게바라입니다. 동시대를 살았던 세 인물의 생애가 교차하는 역사적 시간을 의미 있는 서사로 변화시키려면 세 인물의 무게를 감당할 수 있는 '미학적 공간'을 만들어야 합니다. 제가 세 인물의 '그림자 영혼'을 주의깊게 들여다본 것은 존재의 그림자가 품고 있는 영혼의 깊이가 인물을 살아 움직이게 하는 공간의 깊이와 직결된다고 생각했기 때문입니다. 이 깊이가 『골짜기에 잠든 자』를 쓰면서 제가 짊어진 가장 무거운 짐이었습니다.

2019년 여름

정찬

| 주요 참고도서 |

_ 클로드 장콜라, 『랭보—바람구두를 신은 천재 시인』, 정남모 옮김, 책세상, 2007
_ 아르튀르 랭보, 『나의 방랑—랭보 시집』, 한대균 옮김, 문학과지성사, 2014
_ 아르튀르 랭보, 『지옥에서 보낸 한 철』, 김현 옮김, 민음사, 1994
_ 롤랑 드 르네빌르, 『견자 랭보』, 이준오 옮김, 문학세계사, 1983

_ 엘리아스 카네티, 『구제된 혀』, 양혜숙 옮김, 심설당, 1982
_ 엘리아스 카네티, 『귓속의 횃불』, 이정길 옮김, 심설당, 1982
_ 엘리아스 카네티, 『말의 양심』, 반성완 옮김, 한길사, 1984
_ 엘리아스 카네티, 『모로코의 낙타와 성자』, 조원규 옮김, 민음사, 2006
_ 엘리아스 카네티, 『군중과 권력』, 강두식 · 박병덕 옮김, 바다출판사, 2010

_ 존 리 앤더슨, 『체 게바라 혁명가의 삶』, 허진 옮김, 열린책들, 2015
_ 체 게바라, 『체 게바라의 볼리비아 일기』, 김홍락 옮김, 학고재, 2011
_ 사이먼 리드헨리, 『피델 카스트로&체 게바라』, 유수아 옮김, 21세기북스, 2009

_ 코린네 울리히, 『존 레논—목마른 영혼의 외침』, 박규호 옮김, 지식경영사, 2005
_ 신현준, 『레논 평전』, 리더스하우스, 2010년

_ 게오르그 짐멜, 『예술가들이 주조한 근대와 현대』, 김덕영 옮김, 길, 2007
_ 존 버거, 『사진의 이해』, 제프 다이어 엮음, 김현우 옮김, 열화당, 2015

문학동네 장편소설
골짜기에 잠든 자

초판인쇄 2019년 7월 16일
초판발행 2019년 7월 29일

지은이 정찬
펴낸이 염현숙
책임편집 김내리 | 편집 정은진 이성근 이상술
디자인 엄자영 유현아 | 마케팅 정민호 박보람 나해진 최원석 우상욱
홍보 김희숙 김상만 오혜림
제작 강신은 김동욱 임현식 | 제작처 한영문화사

펴낸곳 (주)문학동네
출판등록 1993년 10월 22일 제406-2003-000045호
주소 10881 경기도 파주시 회동길 210
전자우편 editor@munhak.com | 대표전화 031) 955-8888 | 팩스 031) 955-8855
문의전화 031) 955-3576(마케팅) 031) 955-8864(편집)
문학동네카페 http://cafe.naver.com/mhdn | 트위터 @munhakdongne
북클럽문학동네 http://bookclubmunhak.com

ISBN 978-89-546-5716-7 03810

* 이 도서의 국립중앙도서관 출판예정도서목록(CIP)은 서지정보유통지원시스템 홈페이지(http://seoji.nl.go.kr)와 국가자료공동목록시스템(http://www.nl.go.kr/kolisnet)에서 이용하실 수 있습니다.(CIP 제어번호: CIP2019026653)

www.munhak.com